COLLECTION NATIONALE

Georges SPITZMULLER

Autant de lecture que dans
un volume à 9 francs pour

95 cent.

l'ouvrage complet illustré

L'AMOUR MYSTÉRIEUX

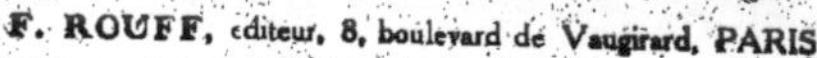

F. ROUFF, éditeur, 8, boulevard de Vaugirard, PARIS

L'AMOUR MYSTÉRIEUX

Un bruit dans la nuit

Éveillée en sursaut, Mme Howard se souleva sur un coude dans son lit. Qu'y avait-il ? Le store et les rideaux frissonnaient devant la fenêtre ouverte, mais dans la chambre et dans la maison tout était silencieux.

Pourtant, elle avait été surprise dans son sommeil par un bruit soudain, un bruit qui, en dépit du silence, résonnait encore à ses oreilles. Quel pouvait être ce bruit ?

Elle écouta, essayant de surprendre la respiration de son mari. Ils occupaient des lits jumeaux séparés seulement par une petite table. Elle n'entendit rien...

— Patrick! appela-t-elle à voix basse.

Pas de réponse... Une peur soudaine l'envahit. A côté, pas un mot, pas un mouvement...

Les premières lueurs du matin allaient bientôt paraître et traverser les stores mais l'obscurité régnait encore dans la pièce. Prise de la peur irraisonnée de quelque chose d'inconnu, Lilian Howard sauta de son lit et se dirigea vers celui de son mari. Il était vide... Les couvertures étaient rejetées en arrière, les draps étaient froids : le lit devait être abandonné depuis un certain temps.

Alors, épouvantée, elle chercha à tâtons le chandelier qui aurait dû être sur la table de nuit. Il avait disparu ainsi que les allumettes. Que faire, toute seule dans cette obscurité?

Patrick s'était couché bien longtemps après elle; son entrée dans la pièce l'avait réveillée, et quoiqu'elle fût presque engourdie par le sommeil, elle avait remarqué de l'inaccoutumé dans sa conduite envers elle. En général, c'était le plus calme et le plus doux des hommes; ce soir-là, il semblait excité et de mauvaise humeur. Quand elle lui avait parlé, il lui avait répondu brièvement, grossièrement presque. Mais, très fatiguée, elle s'était vite endormie.

Était-ce en quittant la chambre qu'il l'avait réveillée? Peut-être... Pourtant, elle avait la sensation que c'était un bruit plus fort, un bruit venant du dehors et non de la chambre elle-même.

En tenant compte de l'heure tardive à laquelle Patrick s'était couché, il n'avait pas eu le temps de dormir avant de se relever. Où pouvait-il être allé?

Lilian attendit pendant un temps qui lui sembla extraordinairement long. Autour d'elle, le silence... Son imagination exaltée lui faisait trouver dans la qualité même de ce silence quelque chose de surnaturel, d'inhabituel.

Elle alla lentement vers la porte, l'ouvrit et s'arrêta, l'oreille aux écoutes.

Dans le couloir, il faisait plus noir que dans la chambre à coucher. S'appuyant d'une main à la muraille, elle avança jusqu'à ce qu'elle eut atteint le corridor principal. Mansionhouse était une vieille maison bizarrement construite, pleine de coins. Ayant atteint le corridor, elle s'arrêta, puis se dirigea vers la gauche. Elle venait de gravir une demi-douzaine de marches quand une voix tout près d'elle, s'éleva :

— Qui est là ?

La peur arrêta les mouvements de son cœur. Elle connaissait la voix pourtant. C'était celle de Mary Grant, sa cousine. Celle d'un monstre inconnu ne l'aurait pas plus effrayée.

— Mary! Comme vous m'avez fait peur!

— Lilian! Est-ce vous ? Quand j'ai entendu marcher j'ai crû mourir.

Elles tombèrent dans les bras l'une de l'autre. Elles parlaient très bas, dans un murmure, sans se voir dans la nuit.

— Lilian, avez-vous entendu ce bruit horrible ?

— Il m'a troublée dans mon sommeil. Je me demandais ce que ce pouvait être.

— Quand je me suis éveillée, il se produisait un tel tumulte que je crus entendre la maison crouler autour de moi. J'allai à la porte de ma chambre pour savoir ce qu'il en était ; la seule chose que je pus entendre, ce fut la voix de Jim, criant comme s'il fût devenu fou.

— Jim Roberts, l'ami de mon mari ?...

— Lilian, une chose horrible s'est passée en bas. J'ai peur rien qu'en y pensant.

Madame Howard craignit d'être interrogée sur Patrick. Quelle réponse donnerait-elle ?

A présent, son unique désir était de retourner dans sa chambre aussi vite qu'elle le pourrait, avant que Patrick ne rentrât, avant que personne, excepté Mary, ne sût qu'elle en était sortie.

— Silence ! Quelqu'un vient. Rentrez dans votre chambre. Je fais de même. Vite ! !

Ce n'était qu'une ruse. Personne ne venait, pas un bruit ne se faisait entendre. Quittant Mary, sans se préoccuper si elle restait ou partait, elle regagna sa chambre et trouva son mari déjà rentré.

F. ROUFF, ÉDITEUR. — 1920

Il était en pyjama à côté du lit, avec des papiers dans la main droite.

— Par où êtes-vous revenu ? demanda-t-elle.

Il répondit à sa question par une autre.

— Où avez-vous été ?

— Patrick, j'étais à votre recherche. Vous m'avez causé une telle peur ! En m'éveillant, je me suis aperçue que vous n'étiez pas dans votre lit et je me demandais... Quand j'eus attendu un long moment, je pensais que quelque chose avait dû se produire. Je suis sortie pour essayer de vous trouver. Comment êtes-vous revenu sans que je vous voie ?

— Vous aviez été me chercher ? Jusqu'où êtes-vous allée?

Lilian restait troublée par le ton et par les manières de son mari. Il parlait si sèchement et d'une façon si agressive, sa physionomie prenait un caractère si étrange qu'elle ne savait plus que penser. Ses mâchoires étaient serrées, ses joues très pâles, blêmes de rage, ses yeux semblaient lancer en la regardant un éclair de menace, eux qui n'avaient jamais connu que le sourire. Ce n'était plus le gai Patrick Howard, sans soucis et affable de manières, c'était un autre homme... Elle le considérait fixement, immobile, et elle sentait sur son cœur comme la pression d'un doigt glacé.

— J'ai été seulement jusqu'au coin du couloir, répondit-elle enfin avec effort. Je ne peux comprendre comment vous êtes revenu sans que je vous aperçoive... Surtout si vous aviez une lumière.

— Je n'en avais pas, je l'ai allumée seulement en constatant que vous n'étiez pas dans la pièce.

— Patrick, dites-moi ce qui est arrivé... ce que vous avez fait ! Je sais que c'est stupide, mais vous ne pouvez vous figurer à quel point j'ai été angoissée...

— Ne me posez pas de questions maintenant, dit-il de sa voix brève. Au jour, je vous dirai ce que j'ai à vous dire. Couchez-vous.

Il parlait d'une façon rauque, comme avec une difficulté d'articuler les mots. Saisissant un des papiers qu'il tenait à la main, il s'approcha de la bougie et y mit le feu. Elle remarqua que la feuille était étroite, oblongue de forme et couleur bleue. Il la tint dans ses doigts jusqu'à ce qu'elle fut consumée entièrement.

— Que brûlez-vous, Patrick ?

— Vous le voyez, c'est un papier ! Je vous en prie, faites ce que je vous ai dit, couchez-vous et dormez.

— N'allez-vous pas vous mettre au lit vous-même?

— J'irai lorsque j'aurai fini de brûler ces papiers.

Lilian aurait désiré poser beaucoup d'autres questions, mais elle n'osa pas.

Jusqu'ici son mari lui avait paru plus ou moins responsable ; mais il ne s'était jamais révélé brutal. Sans récriminer, elle se coucha comme elle venait d'en être priée. Elle regarda Patrick brûler les feuilles de papier oblongues, l'une après l'autre. Elle les compta : il y en avait sept. Quand ce fut fini, il souffla la bougie et se mit au lit sans prononcer un mot. Lilian attendait qu'il parlât. Quand elle vit qu'il ne se décidait pas :

— Bonne nuit ! murmura-t-elle.

— Bonne nuit.

Son ton restait bourru, comme s'il parlait malgré lui. Elle demeura étendue, immobile, sentant de nouveau un poids glacé sur le cœur.

II

AU MATIN...

LE soleil pénétrait par les interstices du store quand un bruit sec frappé à la porte de la chambre à coucher les réveilla.

Howard demanda immédiatement :

— Qui est là ?

Une voix masculine répliqua :

— S'il vous plaît, monsieur, puis-je vous parler tout de suite ?

Il se laissa glisser en bas du lit, traversa la pièce et alla vers la porte. Sa femme s'écria :

— Où allez-vous ? Qui frappe à la porte ?

Sans daigner répondre, son mari ouvrit et sortit. Bientôt il revint.

— Je descends avec Collins, dit-il.

Collins était le principal domestique de son oncle John Bulfer, le propriétaire de Mansionhouse. Avec son maître il faisait régner une discipline de fer dans la maison. Que pouvait-il vouloir à Patrick pour l'emmener ainsi sans cérémonie ?

Soudain, on frappa de nouveau à la porte, mais cette fois d'une façon différente. Alors l'appel était autoritaire et réclamait l'attention ; celui-ci, au contraire, paraissait furtif, timide. Et cependant il l'affecta plus que l'autre n'avait troublé son mari.

— Qui est là ?

Une voix douce, comme atténuée, demanda :

— Puis-je entrer ?

— Mary ! C'est vous ! Bien entendu, vous pouvez entrer, Patrick est descendu.

La porte s'ouvrit et laissa passer la jeune cousine Mary Grant.

— Bonté du Ciel ! Vous êtes déjà habillée ! Quelle heure peut-il bien être ?

Lilian Howard regarda la montre de son mari sur la table à côté d'elle.

— Il n'est que six heures ! Qui donc a pu vous faire lever et habiller si tôt ? Est-ce Jim ?

Sur ses lèvres flottait déjà l'ombre d'un sourire, mais quand elle vit l'expression du visage de la jeune fille, le sourire s'évanouit.

Lilian remarqua sa pâleur et l'éclat fiévreux de ses yeux, le pli de ses lèvres quand elle dit, dans un murmure à peine assez élevé pour être entendu de sa cousine assise à l'autre bout du lit :

— Oncle John est mort...

— Mort, l'oncle John ?

— Il a été tué.

— Tué ?... Que voulez-vous dire ?

— Qu'il a été assassiné dans la nuit.

Il y eut un silence. Les deux jeunes femmes se regardaient. Puis Mary, quittant le bord du lit, se tourna vers la fenêtre et machinalement commença à remonter le store.

Le soleil du matin remplit la chambre d'une lumière dorée. Lilian demanda avec hésitation, comme si elle abordait un sujet interdit :

— Êtes-vous sûre ?

— Au sujet... de l'oncle ?

— Oui.

— Tout à fait... Je, je l'ai vu...

Il y eut, dans la manière dont elle prononça ces

... quelque chose qui fit tressaillir l'autre. Mary
courut vers lui.

... poussa sourd ... soudain ... respiration ...

... Mary, je veux venir vous demander de ne
dire à personne que nous nous sommes rencontrés
au milieu de la nuit.

... si nous sommes pas raisonnables, je
... Soyez ... je ne puis vous avoir ...
... vous savez ce que je veux dire. Je vous en
prie, oubliez tout cela...

— J'ai tout oublié.

— Merci...

Et la jeune fille se couvrit la figure en sanglotant.
Madame Howard lui dit d'un ton attristé:

— Remettez-vous, ne pleurez pas...

... répondre de ... guida, la jeune fille et
... cousine avec des yeux qui lui disaient plus
que ... paroles ...

... comme ... le but morale ... s'est trouvé en venant
... Mary ... s'attarda ... il faut, faut
... jusqu'... nous avons du public ...

... cette ... vous ... que
... comme à l'ordinaire ...

... comprends ...
... laissez-moi une voix ...
... je promets ...

...

Mary Grand, en sortant de l'appartement de
Lilian, alla droit au jardin. Elle ne pouvait
suffoquer en restant à la maison; il lui
fallait respirer l'air frais. Mais son agitation
continua dehors. Bien que ... chantant, tout pour ressérener, qu...
emplir de délices.

Elle traversa les pelouses, courant presque; puis
à côté d'atteindre le bois où peut-être elle se trouverait dans la fraîcheur ... la
porte qui ouvrait sur la clairière avant de se
la ... retourner.

— Mary!

Quelqu'un l'appelait ...

— Alors, la promesse de mariage faite la nuit passée ne vaut plus rien ce matin?

— Pensez-vous que je ne sache rien? dit-elle enfin.

— Savoir quoi?

— Oh!

Comme déjà dans la chambre à coucher de Lilian, elle mit ses mains devant sa figure pour cacher ses yeux.

— Mary, qu'avez-vous? Dites-le moi!

— Comme si vous ne le saviez pas!

— Non, ma chère, votre futur mari ne comprend rien à cette énigme.

— Mon futur mari, vous!... Mon Dieu!

Couvrant de nouveau sa figure de ses mains ouvertes, elle tressaillit d'horreur. Il attendit que la crise fût passée.

— Mary, expliquez-vous, la nuit dernière, dans la bibliothèque, je vous ai répété ce que vous saviez déjà; j'en suis sûr que je n'aurais jamais cru tenir tant à une femme que je tenais à vous. Et vous m'avez répondu que vous teniez aussi un peu à moi.

— Ne dites pas cela, je vous le défends.

— Mary, pouvez-vous me parler ainsi? Mais que s'est-il passé pour transformer ainsi celle qui devait être ma femme?

— Votre femme? Il n'y a qu'une condition à laquelle je pourrais devenir votre femme.

— Elle est accordée... Que m'importe, si ce bonheur me reste!

— Attendez la suite... Je crois avoir lu quelque part qu'une femme ne peut témoigner contre son mari, quand il s'agit d'un crime capital. Si le fait d'être éloignée de la barre des témoins pouvait vous sauver des galères, alors, je deviendrais volontiers votre femme... Mais, dans ce cas seulement...

Tout en parlant, elle le regardait droit dans les yeux, et il la fixait également. Mais tandis que les prunelles grises semblaient étinceler, Roberts les mains dans les poches, la tête rejetée en arrière, les lèvres serrées, paraissait moins blessé que surpris.

— Sur mon honneur, c'est là une chose charmante à raconter à un homme, à un fiancé de la nuit précédente.

— C'est la vérité... et c'est tout ce que j'ai à vous dire et ce que j'aurai à vous dire jamais!

— Vous suggérez, je crois, que c'est moi qui ai envoyé John Buller dans le repos éternel. Eh bien, et si je l'avais fait? Jamais homme plus que lui n'a mérité d'avoir le cou tordu. Vous le savez bien, vous sa nièce, et le monde entier le sait. Pensez-vous

que je vais laisser une pareille chose nous séparer? Plutôt...

— Lilian!

Ce cri, soudain, détourna l'attention du jeune homme. Il regarda autour de lui. Mary fit un saut de côté et s'enfuit à toute vitesse sur la pelouse en criant :

— Lilian! Lilian!

Celle-ci venait de sortir de la maison. Lorsqu'elle entendit la voix de sa cousine et qu'elle la vit courir, elle s'avança à sa rencontre. Quand elles se

L'inspecteur Ruskin posa des questions à chacun (p. 6).

rejoignirent la jeune fille tremblait tellement qu'elle pouvait à peine se tenir debout.

— Mary, qu'avez-vous? Qui donc fuyez-vous ainsi?

— Je fuis Jim Roberts!

Mme Hossard ne répondit rien. Elle observait l'exaltation de la jeune fille, et sa jolie figure manifestait l'étonnement le plus profond.

Quittant sa porte Jim venait à elles. Mary voulut continuer sa retraite, mais Lilian l'arrêta la saisissant avec force par le bras.

— Voyons, ma chérie, pas de sottises, pas de scène! Ne comprenez-vous pas que si les choses s'arrangent, il faut essayer de vous conduire comme si rien ne s'était passé... du moins, pour le moment?

Ces mots furent prononcés dans un murmure. L'objurgation produisit un certain effet sur la jeune fille qui répliqua sur le même ton, très bas :

— Je resterai tranquille, je ne ferai pas de scène, mais ne me serrez pas le bras, je vous prie; vous me faites mal.

Lilian relâcha son étreinte. Toutes deux attendirent l'arrivée de Roberts; Mary Blanche est agitée; sa cousine avec une apparence de tranquillité plus grande, l'ombre d'un doux sourire sur son visage.

Jim salua d'assez loin.

— Bonjour, madame. Mes condoléances sincères pour la perte de votre oncle.

— Merci, monsieur.

Howard apparaissait à une porte-fenêtre donnant sur le jardin; Roberts l'interpella :

— Vous rappelez-vous ma prédiction à John Buller? je lui avais dit que ses billets et ses gages lui causeraient de l'ennui.

Patrick s'avança rapidement vers eux, l'air ennuyé :

— Jim, ne faites pas de folies! Ne criez pas des choses pareilles! On pourrait vous entendre!

— Voilà qui m'est égal, par exemple!

— Pas à moi, pas plus qu'à vous, si vous avez toute votre raison... Je me demande comment faire pour éloigner ma femme et Mary de cette maison. Elles ne devraient pas y rester un instant de plus.

— Pensez-vous que la police les laisse partir?

— Que diable voulez-vous dire?

— Mon cher ami, toute la maison est suspecte, en pareil cas... Ah! voilà Collins. Que nous veut-il?

Collins était maigre et de haute taille, un peu courbé. Ses cheeveux commençaient à grisonner. Il parlait peu et avait la réputation d'un mauvais caractère.

A ce moment, il semblait préoccupé. Il tenait son menton rasé dans ses doigts noueux et ses yeux regardaient tout le monde sans s'arrêter sur personne.

— Excusez-moi, mais l'un de ces messieurs pourraient-il me dire ce qu'est devenu Poleman?

Tous tressaillirent, car le ton et les manières du domestique étaient étranges. Ce fut Howard qui répondit :

— Il n'est pas dans sa chambre?

— Non, monsieur, il n'y est pas, et il me semble qu'il n'y soit pas entré cette nuit.

Un observateur aurait remarqué le regard échangé entre Jim et Patrick, regard involontaire, d'ailleurs. Cette fois, ce fut Jim qui parla sèchement :

— Bêtises que tout cela! Je l'ai vu de mes propres yeux, entrer dans sa chambre à coucher. Je lui ai dit bonne nuit à sa porte même.

— Il n'y est pas pour le moment, cela est sûr

— Ne peut-il être sorti pour une promenade matinale? Où voyez-vous là un mystère?

— Monsieur Roberts, voici le fait : la femme de chambre est venue appeler monsieur Poleman; comme il ne répondait pas, elle est entrée, pensant qu'il dormait. Mais il n'y avait personne dans sa chambre, et le lit n'était pas défait. On n'y avait pas dormi.

— Comment le savez-vous?

— Tout est dans l'état où la camériste l'a laissé hier soir. Les draps rabattus sur le côté, le pyjama étendu sur le lit, rien n'a été touché. Si, comme vous le dites, M. Poleman est entré dans sa chambre, il ne s'y est pas couché, c'est certain... Et, où peut-il être à présent?

IV

POURQUOI...

Il ne pouvait pas y avoir de doute sur la manière dont John Buller avait été tué, même si le docteur Willem ne s'était prononcé avec une telle assurance. Le vieillard avait été frappé sur la tête avec le coin d'une petite tirelire de fer, le coup l'avait tué. La boîte se trouvait encore sur le plancher, tout près de lui, et l'un des angles portait une tâche de sang. Le choc avait été violent, plus violent qu'il n'eût été nécessaire pour produire la mort chez un vieil homme d'une santé chancelante, dont le cœur malade ne battait plus qu'irrégulièrement.

Le simple fait de s'apercevoir qu'on allait le cambrioler eût probablement causé une émotion suffisante pour le tuer, et dans ce cas, il n'y aurait pas eu de meurtre.

Le cadavre fut trouvé dans la chambre qu'on appelait la bibliothèque, bien que les seuls livres que l'on pût y rencontrer fussent quelques volumes sur la législation réglant les rapports des prêteurs et des débiteurs.

Sur les rayons, au lieu de livres, il y avait des boîtes en fer. Trois d'entre elles gisaient ouvertes et vides sur le parquet. On ne pouvait déterminer exactement ce qui avait été enlevé de ces boîtes. L'une d'elles étaient presque remplie de bijoux et d'objets disparates, mais d'une certaine valeur, chacun formant un paquet distinct avec un nom écrit sur une étiquette apparente. Une autre était complètement renversée dans l'intention visible de fouiller parmi les papiers qui la remplissaient. Mais dans la troisième, on constatait des vols plus importants.

Apparemment, le voleur cherchait un objet bien spécial, et il avait dû le découvrir dans cette troisième boîte, à l'instant même où Gulfer entra et le surprit. L'intrus régla son compte au vieillard et s'enfuit avec son butin.

C'est, du moins, la conclusion à laquelle s'était arrêtée la police... Le policeman du village, Georges Wellis, fut le premier représentant de l'autorité qui arriva sur la scène du crime. Peu après, il fut rejoint par son chef, l'inspecteur Reskin, venant de Brougton, la villa la plus proche.

A peine dans la maison depuis deux minutes, l'inspecteur Reskin avait reconstitué le drame dans les moindres détails. Il en connaissait l'heure exacte le motif... Il pressentait même le criminel. Tout était d'une simplicité enfantine.

Dans la chambre à coucher de M. Buller, une montre tombée d'une table de nuit s'était arrêtée à 2 h. 20. Collins certifia que son maître mettait invariablement sa montre sur sa table avant de se coucher. Reskin en conclut que le vieux gentleman troublé par un bruit au milieu de la nuit, avait sauté du lit pour aller se rendre compte. Heurtant la table, la montre s'était renversée et arrêtée par le choc.

La bibliothèque, une assez vaste pièce, s'éclairait de trois hautes fenêtres, allant presque du plancher au plafond. L'une de ces fenêtres avait été laissée entr'ouverte, et au dehors, directement en dessous, on voyait des empreintes de pieds indiquant que quelqu'un avait pesamment sauté par la fenêtre, les talons tournés vers le mur. On pouvait suivre ces traces à travers la pelouse amollie par des pluies récentes. La piste filait droit; elle passait par un massif de fleurs comme si l'inconnu, dans sa hâte, l'avait franchi pour raccourcir.

Dans la chambre à coucher abandonnée par Walter Poleman on découvrit une paire de bottines qui s'appliquaient parfaitement aux empreintes du jardin. L'inspecteur Reskin en inféra que, surpris par John Bulfer en plein cambriolage, le voleur avait passé sans hésitation du petit crime au crime capital et qu'il avait fui dans la nuit pour échapper aux conséquences de son acte.

Quelle que fût la cause du départ de Walter Poleman, il semblait vraiment qu'il eût quitté Mansion-house à l'improviste et en grande hâte. L'état de sa chambre le démontrait nettement: il pouvait avoir emporté le bien d'autrui, mais en tous cas, il laissait le sien.

En effet, suivant Reskin, il avait dû partir entre deux et trois heures du matin, vêtu d'un costume de soirée, sans pardessus et sans chapeau. Autant qu'on pouvait l'affirmer, ses autres vêtements restaient dans sa chambre. Il avait apporté une malle en arrivant de Londres; la malle était encore là ainsi que les vêtements qu'il portait le jour de l'arrivée. Quant aux différents objets traînant çà et là sur les meubles, la bonne se rappelait les avoir vu dépaqueter par Poleman. A ce qu'elle assurait, elle avait préparé la chambre pendant que Walter dînait et la retrouvait dans le même état exactement. M. Jim Roberts pouvait avoir vu Walter Poleman entrer dans sa chambre, mais il n'y avait touché à rien: il pouvait le jurer.

Sur la table de toilette, parmi d'autres papiers, se trouvait une lettre écrite par un office de prêteurs sur gage londonien. Ceci fait caractéristique, dénotait bien l'insouciance de Poleman qui laissait une communication de nature si délicate à un endroit où n'importe qui pouvait la voir. Cette lettre lui faisait savoir, en termes peu polis, qu'on n'accepterait plus aucune excuse et que si, avant telle date, il n'avait pas satisfait à son engagement, on prendrait à son égard, des mesures plutôt désagréables. La missive portait la signature « Wittking » nom sous lequel on connaissait bien cette maison. Il n'y avait pas d'usurier plus notoire en Angleterre. Le piquant de l'affaire, c'est que l'hôte de Poleman, M. John Bulfer, était le mystérieux « Wittking » lui-même.

Walter n'avait pas reçu d'invitation cette saison. Un télégramme avait annoncé son arrivée télégramme que M. Bulfer ouvrit lui-même devant Collins qui attendait s'il y avait une réponse. Le vieillard avait lu à plusieurs reprises, puis, d'un rire forcé en disant:

— Walter Poleman télégraphie pour m'informer qu'il se propose de m'honorer de sa compagnie dans ma maison ce soir. Occupez-vous de lui préparer une chambre. Comme M. Roberts et M. Howard seront aussi ici, nul doute que nous ne formions une joyeuse compagnie.

Que signifiait cette allusion? Collins déclarait l'ignorer.

L'inspecteur Reskin déduisait naturellement de tout cela que Poleman devait de l'argent à Wilking; qu'il était venu à Mansion-house pour demander une prolongation ou quelque chose de ce genre à John Bulfer; que Bulfer avait refusé; que, désespéré et poussé à bout, Walter avait formé le projet de s'emparer des reconnaissances des dettes en possession de son hôte, et qu'il avait été surpris au moment où il mettait son projet à exécution.

C'est ainsi que l'inspecteur en arriva à découvrir le motif du crime.

Reskin finit une sorte d'interrogatoire et posa des questions à chacun. Il en résulta que, selon toute probabilité, une discussion orageuse avait éclaté entre Poleman et son hôte. Durant le dîner, ils avaient échangé des paroles acerbes. Puis on avait beaucoup bu.

D'après les renseignements recueillis, il semblait que le soir précédent, après le dîner, M. Bulfer s'était retiré seul dans sa bibliothèque; que Miss Grant sortait avec Jim pour faire une petite promenade dans le parc tandis que Lilian Howard son mari, et Walter Poleman se réunissaient dans la salle de billard. Apparemment la seule personne qui vit John Bulfer après cette heure-là, fut Collins qui suivant l'habitude, vint à dix heures lui demander s'il désirait quelque chose. M. Bulfer qui semblait de mauvaise humeur, lui répondit que non et lui conseilla d'aller se coucher immédiatement, sans attendre que les invités se retirassent. Collins admit qu'il ne s'était pas couché tout de suite.

Quelque temps après, il entendit le vieux gentlemen monter l'escalier et fermer la porte de sa chambre à coucher. Lui-même aussi monta vers onze heures. Miss Grant et M. Roberts étaient rentrés depuis longtemps déjà, et les deux dames s'étaient retirées dans leur chambres. Les trois hommes jouaient aux cartes. M. Poleman demanda s'il n'y avait plus de whisky dans la maison. Une carafe pleine de whisky et une autre à moitié remplie de cognac avaient été apportées dans la salle de billard peu après le dîner. La carafe de whisky était vide. Collins l'emplit à nouveau. Quand il retourna au billard le matin, il vit que les deux carafons étaient vides. Sans doute, les trois gentlemen avaient fait un sort aux deux bouteilles de whisky et à la demi-pinte de cognac. Or, MM. Roberts et Howard déclaraient qu'au moment où ils étaient allés se coucher, vers les deux heures, le carafon de whisky était encore à moitié plein et que le cognac n'avait pas été touché. Ils ne comprenaient pas comment les carafes pouvaient avoir été trouvées vides.

— Je crains, observa l'inspecteur lorsqu'il eut fini de poser des questions, que si M. Poleman ne revient pas bientôt et n'explique pas plusieurs points obscurs, il ne se trouve dans une position fâcheuse et... très gênante.

Et là-dessus, il partit.

Quand Jim et Patrick furent seuls, ils se regardèrent d'une façon bizarre.

Lilian dit à Miss Grant, en traversant le hall:

— Je désire vous parler, Mary. Voulez-vous venir un instant dans ma chambre?

Arrivées à l'appartement de la jeune femme, celle-ci ferma soigneusement la porte. Il se passa quelques secondes de silence. Miss Grant, debout devant la fenêtre, conservait sa figure calme et impénétrable. Lilian eut l'air de ranger quelques inutilités bien féminines pour se donner une contenance. Enfin, en serrant des rubans, elle se décida à parler:

— Mary, croyez-vous que ce soit Poleman qui ait commis...

— Le croire. « Oui, je désirerais tant pouvoir le croire. »

— Nous serons peut-être appelées, vous et moi, en qualité de témoins.

— Mon Dieu!...

— Patrick voulait nous éloigner toutes deux, mais sans doute cela ne pourra pas se faire. Bien entendu, s'ils me font venir au banc des témoins, je ne sais rien, moi.

UN TESTAMENT CHASSE L'AUTRE

vous viviez avec votre oncle. Je doute que vous ayez su à ce moment-là qu'il existait des parents à vous de par le monde.

— C'est vrai, je l'ignorais.

— Plus de douze mois après la signature de ce testament, autant que je me le rappelle, Miss Grant écrivit de la Nouvelle-Zélande à M. Bulfer. Je me souviens qu'il me dit alors recevoir des nouvelles de la fille d'une sœur éloignée depuis de longues années. Je puis, en recherchant dans mes papiers, vous donner la date exacte du jour où il tint ce propos. Arrivons à la question du second testament. Miss Grant vint en Angleterre sur l'invitation de son oncle, il y a déjà plus de deux ans.

— Elle arriva une semaine avant son mariage, interrompit Lilian, juste à temps pour être demoiselle d'honneur.

— M. Bulfer me confia, il y a moins d'un an, qu'il venait de faire un nouveau testament rédigé par M.M. Murhan et Kirby, maison de premier ordre, je me suis entretenu avec ces messieurs qui me dirent, dans le secret le plus absolu, le contenu de ce testament. Ils possèdent une copie des instructions reçues par M. Bulfer et d'après laquelle ils ont agi.

— Et ce contenu? interrogea la jeune femme.

— Ce deuxième testament révoquait totalement le premier, Miss Grant devait avoir de beaucoup la plus grande part de la fortune. La vôtre devenait insignifiante en comparaison.

— A qui la garde de ce testament était-elle confiée?

Cela, c'est l'inconnu. Murham me dit qu'il avait rédigé le texte avec M. Bulfer et que celui-ci l'avait emporté chez lui, à Mansionhouse, je suppose. J'ai des raisons de croire que ce testament existait encore dernièrement. Lorsque Murham vint ici l'autre semaine, il fit remarquer quelques endroits du jardin qui auraient pu être transformés avec avantage. M. Bulfer répondit que ces améliorations viendraient à leur temps, que Miss Grant, une fois en possession de la maison, ferait sans doute changer bien des choses. Cela n'indiquait-il pas que ce testament existait alors?

— Sans aucun doute, répondit Lilian Howard. M'est-il permis de demander ce qui m'est alloué dans la « nouvelle version »?

— Cinq cents livres par an.

Ce fut au tour de Miss Grant de bondir de sa chaise.

— Mais ce testament est aussi ridicule que l'autre. Supposez-vous que je vais vous laisser une part aussi maigre?

Patrick s'interposa. Il ouvrit la bouche pour la première fois.

— Doucement! Ajournons cette discussion, voulez-vous? Et attendons que tout s'éclaircisse avant de rien décider. Puisque ni l'une ni l'autre ne veut désavantager sa cousine, vous arriverez sûrement à un arrangement équitable. Puis-je demander à M. Lazarus si M. Bulfer a laissé de l'argent en circulation?

— Une somme énorme. Une grande part est placée en diverses mains et sur des gages différents, mais sûrs. La réalisation de ce fragment de l'héritage prendra quelque temps. L'une ou l'autre de ces dames est-elle disposée à continuer le commerce du défunt?

— Quel commerce? L'usure? Jamais, M. Lazarus.

Cette réponse venait de Lilian. Sa cousine fut encore plus affirmative.

— Quand je pense à l'origine de cette fortune, je suis près de ne pas accepter.

LE DISPARU

N n'avait plus revu Walter Poleman, ni entendu parler de lui.

Le seul fait certain paraissait être celui-ci : Poleman avait sauté par une fenêtre au milieu de la nuit; sans chapeau, sans pardessus et en costume de soirée. On ne savait rien de plus.

Le coroner envisageait deux hypothèses :

La première, c'était que, durant sa fuite, il soit arrivé malheur à Walter. Mais de cela, nulle preuve; dans le voisinage le plus proche, aucun endroit où il eût pu se noyer, ni de précipices où il eût pu tomber. Un suicide ou un assassinat aurait laissé des traces.

La seconde hypothèse reposait du moins sur une probalité. Dans certaines questions posées aux témoins, le coroner sentait sous-entendu que Walter se trouvait encore à Mansion House ou aux environs immédiats, grâce à des connivences rencontrées dans la maison de feu John Bulfer. Tous les témoins jurèrent qu'ils ignoraient complètement le sort actuel de M. Poleman. Cependant le coroner ne semblait pas convaincu.

Il aurait été impossible à un monsieur habillé comme Walter de ne pas se faire remarquer sans aidé par quelqu'un. Le jour naissait peu d'instants après son départ. Comment admettre que personne n'ait rencontré un gentleman se promenant en pleine campagne dans une pareille tenue? Il avait eu à marcher plus de dix-neuf milles, s'il était allé jusqu'à Londres; et dans ce cas, il aurait dû s'arrêter pour se restaurer dans une ferme ou une auberge, et là son costume n'aurait pu manquer d'attirer l'attention. La police avait fait des recherches minutieuses, mais inutiles. D'autre part, s'il avait acheté d'autres vêtements ou échangé ceux qu'il portait, cela ne pouvait non plus passer inaperçu.

Poleman possédait un appartement en ville, une maison dans le comté de Yorkshire. Ni dans l'un ni dans l'autre, on n'avait entendu parler de lui. Ses différents parents affirmaient ne l'avoir point vu ni reçu aucune nouvelle de lui. Selon le coroner, l'homme « qui manquait » n'aurait pu continuer à « manquer » de la sorte, s'il n'avait pas eu un ou plusieurs complices habitant probablement la maison.

A mesure que l'enquête avançait, l'impression se précisait que M. Walter Poleman avait toutes les raisons pour ne pas reparaître : des preuves accablantes surgissaient tous les jours contre lui. On découvrit qu'il avait mené une vie désordonnée, qu'il était discrédité et ruiné, que ses biens, hypothéqués, formaient les garanties des prêts consentis par John Bulfer.

Pendant un certain temps, il avait vécu sur ces avances, mais dernièrement Bulfer avait refusé tous subsides. Dans ses tentatives faites pour puiser de l'argent à différentes sources, il avait commis des actes délictueux pour cacher l'état véritable de ses affaires. John Bulfer, apprenant tout cela, l'avait sommé de régler ce qu'il lui devait. En réponse, Poleman proféra des menaces, qui, vues sous la lumière du drame, donnaient lieu à la plus grave interprétation.

La veille du jour où il vint à Mansionhouse, il était allé au bureau londonien de Bulfer et avait déclaré publiquement que si l'usurier ne lui avançait plus d'argent, il le tuerait. Le fait qu'il eût bu lorsqu'il prononça ces paroles n'était qu'un demi-palliatif.

On savait que les titres des propriétés rurales de Poleman se trouvaient à Mansionhouse. Bulfer, que l'âge et les infirmités empêchaient de voyager beaucoup et qui réglait la plupart de ses affaires dans sa maison de campagne, gardait ordinairement les papiers de façon à les avoir sous la main en cas de besoin. L'employé du vieillard déclara que les titres hypothécaires en question, ainsi que d'autres documents établissant les dettes exactes de Walter, étaient serrés dans la boîte de fer trouvée ouverte et presque vide sur le plancher de la bibliothèque. On les avait cherchés un peu partout, sans résultat. Aucun doute, on les avait fait disparaître de cette boîte. Tout cela devenait clair, formel, accablant. Rien de plus naturel que le jury, inspiré par le coroner, rendît, par contumace, un verdict de meurtre avec préméditation contre Walter Poleman.

Ces nouvelles furent reçues à Mansionhouse par téléphone. John Bulfer avait fait installer un appareil dans sa bibliothèque et avait l'habitude de s'en servir pour régler ses différentes affaires avec les bureaux dans les comtés. Miss Grant avait envoyé un des lads au bureau de télégraphe du village voisin pour qu'il transmît le verdict dès qu'il serait connu. Elle était assise avec Lilian dans le hall, ayant laissé la porte de la bibliothèque grande ouverte. Les deux jeunes femmes montraient une répugnance particulière à entrer dans cette pièce. Soudain, la sonnerie du téléphone tinta. Miss Grant, laissant tomber le livre qu'elle paraissait lire, se précipita. Quand Lilian la rejoignit, elle tenait le récepteur à son oreille.

— Est-ce vous, William ? demanda-t-elle.

— Avec votre permission, non, répliqua une voix à l'autre bout du fil. Le jury vient de déclarer M. Poleman coupable de meurtre avec préméditation.

Miss Grant n'en écouta pas plus long. Le récepteur tomba de sa main sur la table. Les deux cousines se regardèrent en silence; il eut été difficile de dire laquelle des deux semblait la plus troublée.

Lilian murmura :

— Qu'y a-t-il ?

La réponse fut un soupir à peine perceptible, comme un écho des paroles venues à l'instant à travers le fil :

— Le jury a déclaré Walter coupable de meurtre avec préméditation.

Il y eut un silence, comme si chacune d'elles était trop profondément émue pour pouvoir parler. Alors, miss Grant osa enfin demander, toujours d'un ton très bas :

— Qu'allez-vous faire, Lilian ?

— Rien.

Mary la regarda, puis, s'écroulant sur la table, elle éclata en sanglots passionnés.

Pendant un moment, Lilian ne fit rien pour la calmer, elle ne se sentait pas assez maîtresse d'elle-même pour parler. Puis elle dit enfin, avec une pointe d'aigreur destinée sans doute à cacher sa propre faiblesse :

— Pourquoi pleurer, Mary ? Le verdict d'un jury criminel ne signifie rien... puisque l'inculpé est loin... Attendez qu'il soit découvert.

Sans répondre, miss Grant se leva brusquement et s'enfuit sans détourner la tête.

VII

DANS LA CLAIRIÈRE

MARY s'en alla droit vers une certaine clairière en contre-bas vers la lisière de la forêt. C'était un endroit d'où l'on avait extrait du gravier autrefois. Une épaisse couche de gazon cachait maintenant les traces de ce travail. Un arbre, frappé jadis par la foudre, avait survécu partiellement. Ce qui en restait était encore plein de sève et servait souvent d'appui à miss Grant, et d'abri les jours de pluie.

Durant les jours amers de son arrivée en Angleterre, la jeune fille avait souffert cruellement. Aussi, une fois installée à Mansionhouse, elle aimait à rêver, à évoquer les jours pénibles, à présent qu'elle se sentait au port et abritée contre les orages.

C'est vers cet arbre, en ce lieu solitaire, qu'elle dirigeait ses mélancoliques promenades.

Puis, l'orage venu, c'est encore là qu'elle retournait, aux heures d'angoisse, comme à un refuge contre les malheurs de la vie. Elle espérait toujours trouver là la paix d'esprit qui la fuyait dans la maison de son oncle. Elle se coucha, la face contre terre, sur la mousse et l'herbe épaisse, luttant avec les doutes qui effaçaient toute lueur de bonheur possible désormais.

Combien de temps resta-t-elle ainsi étendue ? Elle ne le savait pas. Mais soudain un son fit vibrer en elle tous ses nerfs surmenés. C'était une voix qui l'appelait :

— Mary !

Elle ne bougea pas. Le mot était si inattendu, si doux à son cœur, et pourtant si terrible ! que pendant un instant, elle n'osa pas aborder l'homme qui l'appelait familièrement. De nouveau, le nom retentit sous les arbres. Dans la voix, il y avait une tendresse secrète qui la fit rougir tout à coup.

— Mary !

En un accès de rage subit, comme si elle ne se sentait en sûreté que dans la colère, elle tourna brusquement la tête pour faire face à celui qui parlait.

— Comment osez-vous venir ici ?

Jim Roberts répliqua, très calme, avec des yeux brillants de raillerie :

— Vous aviez l'habitude de m'emmener ici avec vous, ces jours derniers.

Elle se leva, s'éventant avec rage.

— Est-ce vous qui partez ou moi ?

— Ni l'un ni l'autre, pour le moment.

Elle fit un mouvement brusque pour se diriger vers la pente gazonnée qui barrait la clairière; mais avec plus de rapidité encore, il bondit à sa rencontre et la retint par le bras.

— Ne me touchez pas !... Laissez-moi partir !

— Pas avant que je n'aie eu avec vous cette explication définitive à laquelle j'ai droit.

— Comment pensez-vous me garder ici ? Par force ?

— J'ai l'intention de vous garder... Comment, cela m'importe peu. J'ai attendu patiemment jusqu'à ce que ce ridicule coroner ait mis fin à cette absurde enquête. Je me suis éloigné de crainte que ma présence ne vous ennuie.

— C'est bien. Laissez-moi. Je resterai. Et quand j'aurai dit ce que j'ai à dire, ce sera vous qui désirerez mon départ.

— Peut-être; mais je parlerai le premier. D'abord, nous nous aimons...

— Je le nie.

— Alors, vous dites une chose que vous ne pensez pas. Vous m'avez avoué votre amour et vous n'êtes pas une femme à changer si rapidement.

— L'amour peut être tué en une nuit.

— Pas en vous ni en moi... Nous sommes de la race de ceux qui, lorsqu'ils aiment, aiment toujours, envers et contre tout!

— Parlez pour vous seul!

— Eh bien, je parle pour moi seul. Je reviens à cet axiome que nous nous aimons, quoi que vous en disiez. Alors, Mary, pourquoi ne voulez-vous plus devenir ma femme?

— Je ne serai jamais votre femme!

— Je comprends... Vous croyez que j'ai tué le vieux Bulfer, n'est-ce pas?

Il s'arrêta, comme si c'était à elle de parler, mais elle ne dit rien. Elle se tenait devant lui, la main droite un peu rejetée en arrière de telle sorte que le bout de ses doigts touchait le tronc vermoulu du chêne, comme si ce contact lui fournissait de l'air et de la sympathie.

— Voulez-vous être assez bonne pour ne faire l'aumône d'une réponse? implora Jim.

— Je parlerai quand vous aurez fini.

— Eh bien, écoutez Mary... Je n'ai pas plus été mêlé à l'affaire du vieux Bulfer que vous l'avez été vous-même.

À ces mots, elle s'appuya sur l'arbre comme si elle désirait le rapprocher d'elle. Ses yeux semblaient être devenus soudain immenses et dilatés.

— Comment osez-vous dire CELA?

— Simplement parce que c'est vrai. Ne vous méprenez pas sur le sens de mes paroles. Je suis d'avis qu'il y a des hommes qui méritent d'être tués, et John Bulfre était de ceux-là. Mais en ce qui le concerne, Mary, jamais je n'aurais eu cette idée, je vous l'affirme. Vous voyez bien que vous avez tort.

— Non.

— Pourquoi dire non, puisque nous nous aimons?..

— Vous le savez, ce pourquoi...

— Mary, je vous jure...

— Ne dites pas un mensonge... Vous êtes plus stupide que je ne le supposais!

Quelque chose dans ces paroles, semblait amuser Roberts. Les coins de sa bouche se ridaient d'un sourire. Il regardait à terre et enfonçait le bout de son soulier dans le gazon. Il ne répondit pas tout de suite, et quand il le fit, ce fut avec l'air de quelqu'un qui a conscience de dire une chose très drôle :

— Il est vrai que je l'ai volé!

— Ah! vous l'admettez!

— Je lui ai repris ce qui m'appartenait.

— Chacun a sa propre théorie. Je n'ai jamais douté que vous n'ayez la vôtre. Maintenant, à moi de parler. Vous pouvez envisager votre conduite sous le jour qu'il vous plaira. Quant à mon attitude envers vous, rien ne la changera, soyez en certain. Je ne sais pas encore ce que je ferai, mais si cela est nécessaire, j'irai, pour vous éviter, jusqu'en Nouvelle Zélande ou même plus loin... Cela sera inutile, je pense. Si vous avez un peu de ces instincts d'honneur que je me suis plu jadis à reconnaître en vous, vous ne me forcerez point à

m'enfuir loin d'ici, vous vous éloignerez vous-même de moi. C'est la seule faveur que je vous demande. Vous dites que vous m'aimez... Prouvez-le moi, et accédez à ma prière.

Il ne leva pas une seule fois les yeux, mais il fixait le sol comme s'il était beaucoup plus intéressé par ce qu'il voyait que par ce qu'il entendait.

— Je suis un inventeur, dit-il, comme s'il pensait tout haut.

— Je n'en doute pas!

— Pas seulement dans ce sens, Mary. Je suis aussi un inventeur de machines, et le plus malheureux des mortels! Depuis que je suis au monde, j'ai toujours inventé. Quelques-unes de mes découvertes ont rapporté de l'argent aux autres, mais jamais elles ne m'ont rien donné à moi, pas même la gloire!...

— J'ai déjà entendu raconter cela autrefois.

— Vous l'entendrez de nouveau, parce que cela vous mènera à une chose que vous ne connaissez pas encore. Ma vie a été l'une de celles dont on se demande, en les examinant, pourquoi on les a vécues. Ce fut un échec, un continuel échec, jusqu'à il y a environ deux ans. Mon premier rayon de succès arriva le jour où je vous vis pour la première fois.

— Allons donc!

— C'est une vérité aussi certaine que l'Évangile. Pour moi, vous voir, c'était vous aimer, et c'était dans cette heure même où je vous ai aimée que j'eus la première intuition claire de ce qui rapidement, me mettra en possession de richesses auprès desquelles les fortunes de vos « rois » américains seront insignifiantes.

— Bien entendu!

— J'ai inventé le mouvement perpétuel...

— Vous n'êtes pas la première personne qui s'imagine l'avoir trouvé!

— Vous avez raison, je ne suis pas le premier qui s'imagine mais je suis le premier à l'avoir découvert vraiment. Nous sommes à l'époque des moteurs. Vous avez votre auto pour vous emmener à Londres...

— Je n'en ai pas.

— Non, mais vous l'aurez avant qu'il soit longtemps.

— J'en doute.

— Pas moi. Une espèce de moteur moud la farine que vous mangez, une autre pousse les navires à travers les océans. Pour le besoin de ma démonstration, toutes les machines sont des moteurs et tous les moteurs ont besoin de force.

— Est-ce une conférence scientifique?

— Non. Un peu de patience. La meilleure force est celle qu'on tire de l'électricité, mais c'est l'électricité qui est la plus dure à produire. Sa production est si coûteuse et si incertaine que, dans beaucoup de cas, on hésite à l'employer. Eh bien, j'ai découvert comment, après une dépense primitive, l'électricité peut être produite pour rien. J'ai dans mon atelier une machine pas plus grande que ça — Il indiqua avec ses mains une distance d'environ deux pieds — Je l'ai mise en marche il y a quelques mois. Elle a marché continuellement depuis, jour et nuit, sans eau, sans charbon, sans pétrole, sans combustible quel qu'il soit, ne coûtant absolument rien, ni à moi, ni à personne. Elle continuera à marcher, ou du moins, jusqu'à ce qu'elle meure de vieillesse.

— Vous ne m'aviez jamais parlé de cela.

— Je ne me souciais d'en parler qu'à la femme que je devais épouser... Or, combien y a-t-il de temps que vous m'avez promis de devenir ma femme! Et combien d'occasions ai-je eu de vous parler, depuis ce moment?

— Je ne serai jamais votre femme... Jamais!

— Eh bien, j'ai commencé à vous parler comme si vous alliez être ma femme et j'ai l'intention de continuer. Je vous ai déjà dit que j'ai été toute ma vie, à peu près, sans un sou. Ma machine, au début, coûte de l'argent, elle en coûte surtout à construire et à perfectionner. J'ai emprunté cet argent au vieux Buffer, qui empocha les profits que tant d'autres de mes inventions ont rapportés. J'étais venu lui demander de l'argent la première fois que je vous vis sur la pelouse en face de sa fenêtre. Je crus que vous étiez un ange tombé du ciel.

— Bêtise!

— Peut-être, mais c'est avec de pareilles bêtises que sont faits les plus beaux des rêves des hommes. Bref, à ce même moment, j'eus l'idée claire de ce que serait la machine que je cherchais, comme si votre apparition était pour moi à la fois le début de l'amour et de l'inspiration.

— Pensez-vous me faire plaisir en me racontant ces histoires?

— Cela me fait plaisir à moi... Je continuai à emprunter de l'argent à Buffer, et Buffer continua à amasser de plus en plus de documents sur ma machine, jusqu'au jour où je lui confiais que j'avais atteint mon but. Il me déclara alors brutalement que ma découverte et ma machine lui appartenaient... que si je ne le remboursais pas de suite des sommes avancées il se saisissait de ma machine et, par conséquent, s'appropriait mon invention. Il devenait ainsi l'homme le plus riche du monde, et moi je restais un mendiant.

Roberts eut un rire douloureux.

— C'est le jour où Buffer m'apprit sa résolution implacable que je vous ai demandé d'être ma femme, Mary. Mon amour pour vous était si grand que rien ne pouvait l'empêcher d'éclater. Et bien que je fusse à peu près ruiné et sans espoir, je ne pus résister à vous confier ma tendresse.

— Je ne me rappelle rien et ne veux rien me rappeler. Si vous étiez l'homme que je croyais alors, vous ne vous souviendriez de rien non plus.

Mais déjà il continuait :

— Le soir du jardin, lorsque, enivrés tous deux par cette belle nuit et par l'amour qui montait en nous, vous êtes tombée dans mes bras et m'avez laissé prendre un baiser...

— Taisez-vous! Taisez-vous! cria la jeune fille. Ne rappelez pas ces souvenirs.

— Si... si je répète que vous m'aimiez ce soir-là, et ce baiser a été interrompu seulement parce que Poleman et Howard à ma recherche, venait m'appeler.

— Pour l'odieuse besogne?

— Oui. Nous devions nous concerter pour reprendre, les uns et les autres, les titres et les papiers dont John Buffer se servait pour nous exploiter indignement. Je savais où il gardait les armes dont il pensait se servir pour me dépouiller, pour m'écraser. J'avais résolu de les lui prendre. Et je fis... Et Poleman le fit, et Howard aussi qui, tous deux, étaient dans le même cas que moi. Au milieu des ténèbres, nous ouvrîmes les boîtes où se trouvaient renfermés les papiers, les billets et les lettres nous concernant tous les trois, et, chacun dans notre chambre nous en fîmes un feu de joie dans la cheminée. Je savais exactement la somme que Buffer m'avait prêtée et — avec ou sans papiers — j'avais l'intention formelle de la lui rendre avec des intérêts de cent ou même de mille pour cent. Seulement, ce que je ne voulais pas, c'était être spolié du bénéfice de toute une vie de travail... Mary, maintenant, je vous ai fait une confession de mes fautes. Je n'ai pris aucune part à la mort du vieil homme et je ne sais pas plus que vous qui a pu le tuer...

De nouveau, il s'arrêta, un instant, comme s'il attendait qu'elle parlât. Toute tremblante, elle s'appuyait de plus en plus étroitement à l'arbre et restait silencieuse.

Il reprit :

— Je suppose que vous fûtes troublée dans votre sommeil. Je me rappelle avoir laissé échapper la boîte, plus lourde que je ne croyais. Elle tomba sur le parquet avec grand bruit. Vous avez dû l'entendre, vous êtes sortie de votre chambre pour savoir la cause de ce bruit insolite et alors vous m'avez aperçu m'en allant... Allons, Mary, soyez aussi franche que moi. Dites-moi ce que vous vous êtes imaginé voir et entendre.

— À quoi cela servirait-il?

— À me rendre le plus heureux des hommes!

— Vous vous trompez; dorénavant nous devons être des étrangers l'un pour l'autre.

— Pourquoi êtes-vous si cruelle?... Ah! chérie, quand les écailles tomberont de vos yeux et que votre cœur se sera adouci nous serons heureux ensemble... J'ai déjà attendu beaucoup dans ma vie, j'attendrai un peu plus longtemps, jusqu'à ce que vienne la saison du bonheur.

VIII

LA CACHETTE DU CHÊNE CREUX

Il était parti. Elle l'entendait s'éloigner à grands pas dans les broussailles, sifflant joyeusement et bruyamment. Il affecta cette indifférence pour me punir de ma méchanceté, pensa la jeune fille. Mais elle connaissait la profondeur de son amour, quoiqu'il voulût la dissimuler. Elle savait qu'il l'aimait parce qu'elle l'aimait aussi. Le sifflement narquois la traversait comme un couteau et lui causait une telle douleur qu'il lui fallut cacher son visage contre le tronc de son arbre familier.

Elle avait renvoyé Jim. Et pourtant, il avait raison : elle était une de ces femmes qui, aimant une fois, aiment toujours, et ce n'en était que plus triste. Si son amour pour lui avait pu s'éteindre, cela eut été moins terrible, mais il ne s'éteindrait jamais. Quoi qu'il arrive, Roberts resterait au fond de son cœur jusqu'au jour de sa mort. Rien ne pourrait l'en arracher.

Mary s'éloigna du vieux chêne, regardant autour d'elle en tendant les bras comme un adieu suprême à celui qui s'en allait.

A ce moment une étrange chose la frappe. L'arbre n'était plus qu'un tronc s'élevant de six ou sept pieds au-dessus du sol et dont l'intérieur était creux. Lorsque la jeune fille se tenait au-dessous de lui sur la pente, il était plus grand qu'elle; mais si elle allait de l'autre côté, sur le haut du talus, comme elle le fit pour voir partir Roberts, elle se trouvait de même hauteur. Au sommet de ce vieux tronc, un bouquet de branches poussait encore, si rap prochées les unes des autres que leurs feuilles, au printemps et en été, formaient une merveilleuse couronne de verdure qui donnait au pauvre tronc un semblant de dignité et de grandeur.

Depuis son arrivée à Mansionhouse, Mary avait du bois qui lui était spécialement réservée et qui lui appartenait en propre. Elle y avait passé des heures seule en toute saison, pour y travailler, pour y lire, pour y rêver. Elle l'avait explorée et en connaissait les moindres coins. En particulier, elle connaissait et aimait surtout ce chêne creux dont le tronc se cachait sous les feuilles en été, mais se trouvait nu après leur chute, en la mauvaise saison. La jeune fille s'était servie du creux, non pas exactement comme d'une cachette, mais comme d'un abri où elle pouvait serrer toutes sortes de choses utiles dans la clairière, un ouvrage, un livre qu'elle voulait s'éviter de porter et de rapporter chaque jour à la maison.

Le mouvement brusque de son bras qui semblait suivre l'ami repoussé lui fit heurter une branche qui se prit dans sa manche, et, découvrant le creux intérieur du chêne, lui montra une tache claire produite par un objet blanc. Mary tressaillit ; cet objet ne lui appartenait pas, elle n'avait plus rien mis là depuis des semaines... Alors, à qui cela pouvait-il bien appartenir? Qui, en dehors d'elle, connaissait cette clairière et avait pu venir déposer quelque chose dans le creux du chêne?

Elle regarda autour d'elle, les yeux agrandis par la crainte, comme si cette personne ne pouvait manquer d'arriver d'un moment à l'autre. Mais nul n'apparaissait... et tout restait très tranquille. C'était absurde de se laisser troubler ainsi par une bagatelle aussi insignifiante. Peut-être, après tout, n'était-ce qu'un de ses propres objets oublié là par mégarde. Elle monta un peu sur la pente, se rapprocha de l'arbre, et écartant le feuillage, regarda attentivement à l'intérieur. Un frisson la secoua toute, comme si un grand froid s'abattait brusquement sur elle quand elle «vit».

Lâchant les branches, elle s'éloigna d'un pas sur la pente sans oser rien toucher, en proie à une surexitation nerveuse extrême.

Effarée, tremblante, elle écouta... Le frémissement même des feuillages l'effrayait. Un faisan qui se leva avec bruit sous la futaie proche lui fit porter les mains à sa poitrine comme à l'annonce d'un événement redoutable. Elle restait pourtant consciente de l'absurdité de son émotion, et elle dit tout haut :

— Je suis stupide!

Mais quoiqu'elle s'aperçut de sa propre folie, elle semblait incapable de la surmonter. Un temps assez long s'écoula avant qu'elle pût réunir assez de courage pour poursuivre ses recherches dans l'arbre creux. Enfin, après une hésitation et un grand effort, elle s'approcha des branches qu'elle détourna lentement comme si ses muscles eussent été soudain paralysés ; et lentement aussi elle écarta les feuilles. Alors ardemment, anxieusement, elle examina la cachette.

Rien de bien terrible pourtant, ni rien de merveilleux... des papiers seulement ; papiers d'affaires en grand nombre, de ce bleu agressif des documents légaux. Puis des liasses, des parchemins un peu jaunis par l'âge, d'autres blancs, paraissant de tout à l'heure le regard de miss Mary Grant.

Sur l'enveloppe complexe de ces papiers, une enveloppe oblongue, de neuf à dix pouces de long environ semblait fasciner la jeune fille. Si près, elle pouvait voir — non pas lire, car l'enveloppe était à l'envers — ce qui était écrit ou plutôt griffonné... Et ce griffonnage, elle le reconnaissait, c'était un exemplaire de ce que son oncle le vieux John Bulfer appelait d'une façon humoristique son «écriture».

Mary se rappelait la difficulté avec laquelle, en dépit de l'assistance de nombreux amis et voisins, elle avait déchiffré la lettre qui l'avait fait partir de la Nouvelle-Zélande, l'invitant à se rendre à Mansionhouse. Plus tard, plus d'une personne lui avait dit que son oncle écrivait exprès aussi mal que possible pour pouvoir, au cas nécessaire, donner des interprétations différentes à ce qu'il avait écrit. En tout cas, ses lettres ressemblaient plus à des hiéroglyphes égyptiens qu'à des communications d'un citoyen anglais.

Mary reconnaissait sur cette enveloppe les hiéroglyphes de son oncle, et il semblait qu'elle ne pût pas en détacher ses yeux. Enfin, elle étendit la main et saisit le pli entre le pouce et l'index. Elle put se rendre compte, en effet, que c'était bien là le gribouillage de John Bulfer, tout en hésitant un instant, comme toujours, avant de le déchiffrer. Tout d'un coup, elle y parvint, et son visage pâlit, puis sans transition devint très rouge. Sa bouche s'ouvrit d'étonnement et ses yeux agrandis se dilataient.

Au même moment, elle entendit derrière elle un bruit de pas... Laissant retomber l'enveloppe dans la cachette, elle descendit la pente en courant et se laissa tomber sur l'herbe comme si, dans son tremblement convulsif, ses jambes refusaient plus longtemps de la porter.

IX

LE RÉVÉREND

A première impression de miss Grant fut que le pas était celui de Roberts qui revenait malgré sa défense. Mais la voix qui l'appela bientôt du sommet opposé de la petite clairière creuse lui fit reconnaître son erreur.

— Bonjour, miss Grant.

Lorsqu'elle leva la tête et aperçut celui qui avait parlé tenant son chapeau de paille d'une main et une lourde canne de l'autre, elle sembla encore plus surprise qu'elle l'eût été par l'apparition de Roberts. C'était un monsieur de petite taille, solidement construit, âgé de trente ans environ, mais répandant autour de lui un tel air de jeunesse qu'on le prenait ordinairement pour un tout jeune homme et que l'on continuerait à le faire pendant pas mal d'années encore.

C'était le Révérend Peterson, pasteur de Woodscote, la paroisse dont dépendait Mansionhouse.

Peterson n'était pas seulement l'unique ami de Mary dans les environs; mais la jeune fille pensait qu'il était le seul ami qu'elle eût au monde.

Elle allait souvent le voir, mais elle eût préféré à ce moment ne pas le rencontrer dans la clairière. Toutes ses pensées se tournaient vers la cachette du chêne. Elle cherchait un moyen de renvoyer promptement le pasteur pour retourner à l'examen des étranges papiers. Peut-être passait-il seulement dans le bois et ne s'arrêtait-il que pour la saluer...

Mais la phrase qu'il prononça ensuite fit comprendre à Mary qu'il ne s'éloignerait pas aussi facilement qu'elle se l'imaginait.

— J'espère que je ne vous dérange pas dans votre retraite préférée, dit le révérend Péterson. En vérité je vous cherchais. Je vous ai entendue parler à quelqu'un, il y a peu d'instants, aussi je m'en suis allé, espérant à mon retour vous trouver seule. Avec votre permission, je vais m'asseoir...

Il s'assit sur une pierre taillée en siège rustique.

— Nous sommes de bons amis, n'est-ce pas, miss Grant ?

— De très bons amis.

— Depuis votre arrivée de ce côté-ci du globe, vous avez toujours été mon bras droit. Je ne sais pas ce que j'aurais fait sans vous, dans la paroisse, avec toutes les œuvres...

— Vous avez pourtant votre sœur.

— Ma sœur ? Laura ? Oui, c'est vrai. Elle m'a été précieuse elle aussi, très précieuse, vraiment à sa manière. Mais Laura n'a pas été pour moi ce que vous...

Il s'arrêta et, de nouveau, malgré elle, miss Grant sourit. Puis il continua :

— Vous êtes la seule femme que j'aie rencontrée qui puisse me comprendre et sympathiser avec moi... Et voilà pourquoi je suis venu vous trouver dans ce coin de bois où je savais votre place favorite... Je voulais vous expliquer quel homme je suis avant de vous dire quelle faveur, quel honneur vous me feriez et combien vous me rendriez heureux si vous vouliez devenir ma femme !...

Le choc fut brusque.

— C'est absurde ! s'écria Mary.

— Si vous voulez, mais c'est vrai.

— Je ne vois pas ce qui, en moi, peut vous faire désirer que je devienne votre femme. Vous ne me connaissez pas complètement.

— Je vous connais depuis deux ans... deux années ininterrompues. Je vous ai étudiée, je vous ai écoutée, j'ai entendu ce qu'on disait de vous, et si je n'étais pas un pasteur, je parierais que je vous connais aussi bien qu'un homme peut connaître une femme qui n'est pas la sienne.

— Mais comment pouvez-vous supposer que je suis faite pour être la femme d'un révérend ?

Il se laissa tomber sur l'herbe, les jambes croisées, à quelques pas de l'endroit où la jeune fille était assise.

— Ça, c'est la question, le point qui n'est pas encore éclairé. Je vais vous dire ce que je me propose de faire quand nous serons mariés.

— Vous en parlez comme si c'était un événement certain. Je vous en prie, exprimez-vous autrement.

Il lissa ses cheveux d'une main impatiente.

— Bien. Je parle donc de ce que je me propose de faire si nous nous marions.

— Savez-vous que je suis sans fortune ?... Mon oncle ne m'a rien laissé.

— Je sais. On m'a dit que le testament par lequel il vous léguait à peu près toute sa fortune n'a pas été retrouvé... et j'espère qu'il ne le sera pas.

— C'est peu aimable de votre part.

— Je l'espère pour deux raisons : la première, c'est que je n'ai pas besoin de votre argent, j'en ai assez pour nous deux. Je ne désire que vous. De plus je suis attaché aux vieilles idées. On m'a donné à entendre que M. Bulfer a gagné son argent par des moyens très douteux. Nous ne voulons donc pas, vous et moi, d'argent d'origine suspecte. Celui-là on le donne aux œuvres charitables pour le sanctifier.

— Pensez au nuage qui est près à éclater actuellement sur Mansionhouse, au scandale qui suivrait en épousant une jeune fille sortie d'une pareille maison... une jeune fille à qui on a arraché quelque chose à la barre des témoins, dont le nom est devenu un lieu commun de conversation, et qui sera encore éclaboussée de toutes ces hontes.

— Quand vous serez ma femme je saurai bien vous protéger contre toutes les curiosités et les malveillances.

Miss Grant restait silencieuse. Elle regardait le révérend Peterson comme si elle l'appréciait suivant une mesure qu'elle seule connaissait.

— Savez-vous, dit-elle enfin, qu'ils ont déclaré coupable Walter Poleman, un de nos amis ?

— J'étais au tribunal quand le verdict fut rendu. Je vins vous voir directement sentant que c'était peut-être pour vous une heure aussi douloureuse que le passé l'a été pour moi.

Elle baissa les yeux, touchée par les paroles et les manières du jeune homme.

Elle répondit, d'un ton plus aimable, comme attendri :

— Je suis flattée et même honorée de l'offre que vous me faites. Nous avons été, vous et moi, de si bons amis, que cette nouvelle preuve d'amitié est douce ; mais...

Il l'arrêta.

— Je sais ce que vous allez dire. Ne le dites pas. Je connais votre état d'esprit mieux que vous ne l'imaginez. Je ne suis pas venu cet après-midi m'attendant à ce que vous consentiez à devenir ma femme... Non, je suis trop conscient de mon infériorité.

— Je vous en prie...

— J'ai dit ce que j'avais à dire. Réfléchissez sérieusement à mes paroles, Mary. Bientôt je vous demanderai une réponse d'où dépendra mon avenir. En attendant, si vous avez besoin d'un de ces services qu'on ne demande qu'aux vrais amis, souvenez-vous que je serai trop heureux de vous être utile sans espérer la moindre récompense ou la plus minime reconnaissance. Je serai toujours votre obligé.

Et, sans lui dire adieu, il quitta la clairière où rêveuse et pensive, elle resta longtemps assise.

X

L'INCONNUE

C'était le second qu'elle renvoyait ; deux soupirants dans un seul après-midi. Quelle différence entre les deux hommes et leurs deux méthodes : l'un l'avait remuée jusqu'au plus profond de son être. Elle ne pouvait penser à lui sans un frémissement, à la fois extase et souffrance. L'autre ? Il venait de faire naître en elle l'idée d'un compagnon agréable pour aller à travers la vie ; ce pouvait être le bonheur calme et doux de toute femme qui ne plaçait pas son idéal trop haut, dans les étoiles. Peut-être serait-il sage de le préférer à l'autre ! La paix d'esprit pouvait être plus durable.

Le contraste des deux jeunes gens absorbait tellement les pensées de la jeune fille qu'elle en oubliait la découverte faite dans le creux du vieux chêne. Elle s'étonnait de voir à quel point le révérend avait occupé son esprit. Mais brusquement elle se leva, songeant aux mystérieux papiers que, tout à l'heure elle brûlait de lire. L'expression amusée de ses traits s'évanouit tout d'un coup. Le regard redevint dur, elle retomba dans l'attente angoissée de tout cet inconnu qui s'étendait devant elle.

Elle écouta attentivement. Le bruit de pas de Peterson s'était évanoui dans le lointain. La solitude et le silence l'enveloppaient... Vite, elle s'approcha de l'arbre, écarta les branches et plongea ses regards dans le trou obscur. Elle en retira l'enveloppe rejetée à l'arrivée du vicaire. Furtivement, un peu honteuse de son acte et un peu effrayée d'être interrompue d'un moment à l'autre, elle déchiffra le griffonnage tracé sur un des côtés de de l'enveloppe. C'étaient deux mots :

« Mon testament »

Son testament ? Le testament dont avait parlé l'avoué Lazarus sans doute, celui qui, jusqu'alors n'avait pu être retrouvé... Le testament qui donnait à Lilian Howard une somme insignifiante. Le testament que Peterson souhaitait qu'on ne retrouvât pas.

— Si je ne me trompais pas?... Songeait Mary. Si au lieu d'être pauvre, je devenais millionnaire, ou du moins entrais en possession de plus d'argent que je n'en ai jamais rêvé?... Si j'étais l'héritière des gains malhonnêtes de John Butler?...

Ce testament retrouvé la faisait riche mais du même coup il anéantissait celui qui donnait la fortune à Lilian. Lilian avait été si généreuse et si bonne en offrant spontanément à sa cousine de tout partager avec elle, que Mary se reprochait déjà sa découverte.

Elle fit un mouvement pour déchirer l'enveloppe et les papiers qu'elle contenait. Mais soudain le souvenir lui revint des paroles de M. Lazarus à propos des gens qui détruisaient un testament... une faute grave au point de vue légal, avait-il dit... Elle s'arrête.

N'était-il pas sage d'abord, de connaître au juste ce qu'elle voulait faire disparaître, de savoir exactement ce qui était écrit sur ce fameux papier? Aussi, glissant le testament dans son corsage, elle retourna vers la cachette.

Elle sortit les liasses de parchemins les unes après les autres, récentes ou anciennes, toutes attachées avec des ganses rouges, portant des formules légales qu'elle déchiffra sans y trouver d'éclaircissement. Elle devina que ce devaient être des titres d'hypothèques sur des propriétés. Ce fut seulement en arrivant à une autre enveloppe cachée par le reste qu'elle comprit la signification de ces différents papiers. Cette enveloppe comme celle qu'elle venait de glisser entre les boutons de son corsage, était grande et bien remplie. Une suscription, griffonnée aussi par l'oncle Butler.

« Walter Poleman... Divers. »

C'est en déchiffrant ces trois mots que Mary commença à comprendre. Étonnée elle essaya de coordonner ses idées et déjà pressentait vaguement la clef du mystère, lorsqu'une voix s'éleva juste derrière elle.

— Excusez-moi, miss. Mais puis-je vous demander pourquoi vous feuilletez ces papiers?...

La voix d'un spectre n'aurait pas causé à Mary une surprise plus profonde. Aucun bruit ne l'avait avertie de l'approche de quelqu'un. Cependant, en se tournant elle vit au bas de la pente à un ou deux pieds de l'endroit où elle se tenait, une personne qui ne présentait aucunement le caractère d'un être venu du ciel. Dans l'excès de son étonnement, tous les papiers dont miss Grant avait les bras chargés tombèrent sur le sol en tas. Les derniers n'y étaient pas encore que la personne inconnue — une femme — se précipitait sur eux comme un sauvage sur sa proie.

Faisant un pas en avant, Mary se saisit, d'une main, de la valise de l'étrangère et de l'autre, s'empara des papiers qui n'y étaient pas encore entrés.

— Avant que je vous réponde vous allez être assez aimable pour m'expliquer votre présence ici et pour me dire quel droit vous avez sur ces papiers.

Bien loin de paraître embarrassée, l'étrangère la regarda avec un sourire bizarre.

— Vous m'avez rencontrée... au tribunal... Ne vous souvenez-vous pas ?

Mary répéta les mots comme s'ils ne lui apprenaient rien.

— Au tribunal ?

— Ne vous rappelez-vous pas, lorsqu'on vous interrogeait, vous posant une masse de questions sur ce que vous saviez — ou ne saviez pas — de la vie de Walter Poleman, que vous avez détourné la tête et rencontré mon regard ? Je voulais simplement vous réconforter un peu, car vous paraissiez bien ennuyée...

— J'étais ce jour-là, brune comme la nuit... Et vous me voyez aujourd'hui avec une chevelure d'un fauve flamboyant ; voilà le changement. Je ne voulais pas être reconnue au tribunal, et avec ma toison écarlate je ne puis passer inaperçue, j'avais mis, ce jour-là une perruque noire.

— Oui, je me souviens. Mais cela ne me dit pas qui vous êtes ni ce que vous faisiez au tribunal, et encore moins ce que vous faites ici en vous emparant de ces papiers qui ne vous appartiennent point.

— Quand je vous aurai dit que je serai un jour la femme de Walter Poleman, vous devinerez enfin...

— Vous ?

— Je m'appelle Sallie Willett. N'avez-vous jamais entendu parler de moi ?

— Jamais.

— Peut-être n'allez-vous pas souvent dans les music hall ?

— Non.

— Évidemment, si vous connaissiez quelque chose aux music-hall vous auriez entendu parler de Sallie Willett. On m'affichait sous le titre de : « La Reine aux cheveux roux de la Danse et du Chant. »

Un sourire illumina sa figure.

— C'est à l'Hippodrome de Brighton, continua l'artiste, que Walter me vit pour la première fois. Une chanson, une demi douzaine de pas et le rideau, le tout dans l'espace de cinq minutes. Et il tomba amoureux de moi. D'un seul coup ! Il me le répéta souvent depuis. Il s'est attaché à moi pour toujours... et ça dure encore. Depuis ce soir-là où il se présenta lui-même à l'hippodrome de Brighton, nulle femme n'a été plus aimée et n'a eu un meilleur camarade que moi... Vous comprenez maintenant pourquoi je suis venue chercher ces papiers...

— Je crains de ne pas comprendre, encore.

Miss Willett baissa la voix.

— Ce sont ses titres de dettes, ses factures et toutes les choses qu'il emporta durant la fameuse nuit.

Tout devenait clair peu à peu, et miss Grant commençait à avoir la vague notion de ce qui avait dû se passer.

— Mais comment tout cela se trouvait-il dans mon arbre ?

— Je crois que c'est vous-même qui aviez indiqué cette cachette à Walter.

— Moi ?

— Il m'a souvent parlé de vous. Il se trompe rarement quand il parle d'une femme et en dit du bien. Or il ne tarit pas d'éloges sur vous. Un jour, m'a-t-il raconté, vous vous êtes promenée avec lui dans le bois, et vous lui avez montré cet arbre creux.

— C'est vrai, je me rappelle vaguement une promenade ici avec Walter, peu après mon arrivée dans ce pays.

— C'était resté dans son souvenir. On ne peut jamais savoir ce qui frappera ou ne frappera pas les yeux. Bref, cette nuit de la mort du vieux Buller, il était ivre un peu, sans cela il n'aurait jamais connu la folie... Il n'y aurait pas eu d'histoire, on n'aurait pas trouvé, dans son cas autre chose que dans les cas des autres restés tranquillement cou-chés dans leur lit.

Mary regarda peureusement autour d'elle.

— Je vous en prie n'entrez pas dans les détails.

— Bien. Nous ne désirons pas plus les uns que les autres en savoir plus qu'il n'est besoin. Il sortit donc en habit de soirée, les bras pleins de papiers, juste assez ivre pour être stupide. Il finit par trou-ver sa route jusqu'ici, par un beau clair de lune. Il voulait semer ces papiers, preuves de ses dettes, aux quatre coins du pays, mais il reconnut l'endroit, la clairière et il se souvint de l'arbre. Il m'a tout raconté. Alors il les introduisit dans le creux que vous lui aviez montré, miss Grant, autant par plaisanterie que pour autre chose. Il a une idée particulière de la plaisanterie.

— J'étais engagée pour une semaine dans un petit music-hall des environs, continua la chan-teuse, et j'habitais avec une amie, un peu en de-hors de la ville, dans une ferme à elle. Walter savait tout cela. Quand il eut déposé ses plis dans le chêne, il finit par trouver sa route pour venir me rejoindre. Bien entendu, il ne savait pas quelle était ma chambre, mais il lança des graviers à des carreaux qui, par chance, se trouvaient être les miens. Vous devinez mon étonnement quand, ré-veillée en sursaut par un choc à la fenêtre, je re-gardai dehors et le vis, en habit de soirée, à cinq heures du matin. Je m'attendais depuis quelque temps à lui voir arriver des ennuis, je compris alors qu'ils étaient arrivés. Je le fis cacher et m'arran-geai pour le cacher depuis... Puisque vous ne dési-rez pas en savoir trop long, ceci doit vous suffire.

Cette observation fut accompagnée d'un air d'en laissant entendre qu'elle aurait pu faire de curieu-ses additions aux choses que savait Mary. Et aus-sitôt, elle ajouta :

— Même depuis que je sais exactement la nature de cet ennui, j'ai continué à dérober Walter à toutes les recherches.

— Mais, vous a-t-il tout raconté?

— Ma chère, ne nous posons pas trop de ques-tions. Nous n'avons pas besoin d'en connaître si long, nous le saurons tout à l'heure. Avez-vous entendu tout ce que le juge d'instruction a accu-mulé contre lui?

Mary fit comprendre qu'elle avait tout entendu. Elle se demandait avec un petit frisson combien de fois encore on lui rappellerait ce fait.

— Une récompense a été promise, dit-on; alors les événements vont se précipiter. J'ai pensé qu'il fallait faire ce dont Walter Poleman m'a chargée avant que le pays ne soit trop dangereux, et venir en hâte retirer les papiers du précieux arbre. Je doutais de l'histoire qu'il m'avait racontée, je vous l'avoue, jusqu'à ce que je vous aie aperçue, tout à l'heure, debout près du chêne, les bras chargés de liasses. Walter Poleman ne devait pas être aussi ivre que je le croyais. Vous avez dû trouver ces choses par hasard, et leur découverte vous a éton-née, n'est-ce pas?

— Tout à fait étonnée, c'est vrai.

— Aucun de ces papiers ne vous appartient?

— Autant que je puisse savoir, non.

— Alors, vous ne voyez pas d'objection à ce que je les emporte pour les remettre à Walter?

Mary ne répondant pas, Miss Willett prit sans doute son silence pour un assentiment et continua à entasser les papiers qui restaient dans son sac de cuir. Juste au moment où elle y mettait le der-nier et où elle était prête à le fermer, elle regarda autour d'elle avec un sursaut.

— Qu'y a-t-il? interrogea miss Grant.

Une tête d'homme venait d'apparaître entre les branches d'un buisson qui couvrait un côté de la clairière. Il s'adressa aux deux femmes d'un ton faible comme un murmure, mais qui possédait une puissance de pénétration très curieuse.

— Excusez-moi, mesdames, mais si vous ne dé-sirez pas qu'on vous pose des questions embarras-santes, cachez-vous! Il y a un couple de policiers qui viennent à travers bois! Ils arrivent droit sur nous.

La tête disparut aussi soudainement qu'elle était apparue. On entendait des pas.

— Les voici! murmura la chanteuse. S'ils me trouvent avec cette valise, je suis perdue!

Mary, la prenant par le poignet, l'entraîna ra-pidement par la pente de l'autre côté de l'arbre.

Elle parlait d'une voix à peine perceptible, telle un souffle :

— Venez! Voilà un endroit où jadis, je crois, on a extrait du gravier. C'est creux, et les buissons tout autour sont assez hauts pour nous cacher si nous nous couchons sur le sol.

XI

ON ÉCOUTE

À peine étaient-elles étendues dans leur ca-chette que deux personnes descendaient dans la clairière, deux personnes dont elles connaissaient l'identité toutes deux. L'une était l'inspecteur Reskin, et l'autre le garde champêtre du village, Georges Wilkins. Ce-lui-ci parlait à l'inspecteur :

— C'est ici, juste où je suis, que je l'ai trouvé, près de ce vieux chêne.

Wilkins se tenait à l'endroit précis où miss Wil-lett s'était agenouillée. Reskins posa une question :

— Vous êtes sûr que cet objet lui appartient?

— Il y a ses initiales dessus : W. P. Et je l'ai montré à Maggie Hunt, une des femmes de cham-bre de Manston House, et elle l'a reconnu comme étant sa boîte d'allumettes.

— Alors, votre théorie est qu'il a traversé le bois et s'est arrêté ici. Pour quoi faire?

— Pour allumer un cigare. La boîte d'allumettes gisait à l'endroit où je suis et, à côté, une allumette à demi consumée. Je l'ai mise dans la boîte, vous y trouverez.

— Qu'a-t-il pu faire des papiers? Il devait en avoir plein les bras.

— Je crois qu'il les a posés par terre pour allu-mer son cigare. Peut-être est-ce en les ramassant qu'il a laissé tomber sa boîte d'allumettes.

— Il faut un certain sang-froid pour s'arrêter ici et allumer un cigare après ce qu'il venait de faire. Où est-il allé ensuite?

— Il a gravi cette pente le long de ce sentier que vous voyez là-bas, alors il se sentit fatigué ou bien il ne se souvenait plus exactement de son chemin, car il s'assit sur la barrière et finit son cigare. J'en ai trouvé le bout dans le fossé de l'autre côté et je vous l'ai donné.

— Et alors?

— Il traversa le champ et la ferme de Joë Redfort.

— Comment le savez-vous?

— Redfort avait laissé huit vaches dans la prairie du bas-fond. Il avait fermé la porte qui donne sur la route, et l'avait attachée avec un morceau de bois. Le matin, il a trouvé la porte ouverte et le bois disparu. M. Poleman a ouvert la porte et emporté le morceau de bois.

— Dans quelle direction est-il allé, après cela?

— Il fit deux milles sur la route, environ, puis tourna vers les collines du côté de Peterham.

— Qui vous a dit cela?

— Un berger.

— Avez-vous suivi la trace de Walter Poleman plus loin encore?

— Pas pour le moment. Mais j'y arriverai bientôt.

— Pouvez-vous apprendre si quelqu'un de la maison Bulfer saurait où Walter alla cette nuit-là?

— Cela ne me surprendrait pas...

— Vous soupçonnez une personne en particulier, je vois cela...

— Les deux jeunes dames, spécialement miss Grant.

— Pourquoi elle plutôt que les autres?

Miss Grant demanda à sa compagne dans un murmure :

— Vous avez entendu?

— Je n'ai pas perdu un mot.

— Quel était l'homme qui nous a prévenues de l'approche du policeman? D'où venait-il? Et où a-t-il pu disparaître? Pensez-vous qu'il soit encore là?

Les deux jeunes filles regardèrent du côté de la haie de fougères.

— Je me le demande encore, répondit Sallie. Je n'ai jamais vu cet homme. Et pourtant, il doit connaître plus de choses sur la vie des prisons qu'il n'est séant d'en connaître. Je suis sûre qu'il en est sorti depuis peu.

— Qui vous fait croire cela?

— Le mot prison est écrit lisiblement sur toute sa figure, non seulement sur sa figure, mais aussi dans ses yeux! Et puis, avez-vous remarqué comme ses cheveux sont courts? Mais surtout ce qui m'a frappée, c'est la manière dont il a parlé bas. On ne permet pas de parler dans les prisons. Et on m'a raconté que les chevaux de retour arrivent à pouvoir causer sans remuer les lèvres, dans un murmure. Leurs paroles sont seulement entendues par la personne à qui elles sont destinées. Cette idée m'est venue quand il nous a murmuré son avertissement. Avez-vous vu? Personne, sauf nous, ne pouvait entendre.

— Je n'avais pas remarqué tout cela, je l'avoue. Mais depuis combien de temps pouvait-il être là, à écouter et épier? J'espère qu'il ne vous a pas vu mettre les papiers dans votre sac ni les tirer du chêne creux?

— Je le souhaite. Je commence à me demander si je n'aurais pas mieux fait de laisser tout cela tranquille. J'ai envie de vous laisser ce sac et de fuir.

— N'en faites rien, je vous en prie. M. Poleman vous a prié d'aller lui chercher ces papiers... c'est qu'il en a besoin sans doute; vous ne ferez qu'augmenter le danger en les laissant ici.

— C'est bon à dire, mais si on les trouve en ma possession, quelle explication pourrai-je donner? J'ai idée que Wilkins les devinerait rien qu'en voyant le sac. Mais vous avez raison, il faut obéir à Walter à qui ces documents sont peut-être nécessaires... Adieu, miss Grant. Si vous recevez une communication signée de mes initiales, vous comprendrez!...

Prenant la valise de cuir à la main, Sallie s'en alla rapidement et légèrement sous les arbres, dans la direction opposée à celle qu'avait prise l'inspecteur Reskin et le constable Wilkins.

XII

LIONEL

ET pour la troisième fois Mary resta seule. Ses yeux restaient fixés sur la broussaille au-dessus de laquelle était apparue si brusquement la tête de l'inconnu.

Que faisait-il dans les bois? Comment avait-il pu s'approcher sans être vu ni entendu? Depuis combien de temps était-il parti? Demeurait-il encore dans le fourré?

L'enveloppe où se lisaient les deux mots fatidiques : «Mon testament» restait en sa possession. Elle n'en avait pas soufflé mot. Mary enfonça complètement l'enveloppe dans son corsage, puis, quittant à son tour la cachette, elle traversa la clairière en allant du côté des buissons.

Tandis qu'elle s'approchait, les grandes feuilles, semblables à des éventails, s'agitèrent violemment, écartées par la fuite brusque de quelqu'un. Elle gravit la pente en courant et arriva sur le sommet juste à temps pour voir un homme se courber et s'enfoncer dans un bouquet d'aubépines si touffu qu'il y disparut brusquement, comme englouti.

Elle lui cria :

— Arrêtez!... Je veux vous parler. Dites-moi qui vous êtes?

Même pour elle sa voix résonna comme le cri rageur d'un enfant. On ne répondit pas à son appel. Le fugitif avait disparu, sans même lui permettre de bien l'apercevoir dans sa course rapide.

Que signifiait la poursuite acharnée de cet inconnu qui s'attachait à ses pas, qui l'espionnait... et qui fuyait à son approche... précipitamment, comme un coupable?

La première impulsion de Miss Grant fut de le suivre pour l'interroger même malgré lui et savoir qui il était. Dans l'état où elle se trouvait, tout lui semblait préférable à un nouveau et angoissant mystère se greffant sur tant d'autres.

A la réflexion, ce projet lui parut absurde. Elle pouvait poursuivre l'homme pendant des heures sans l'atteindre.

Elle marcha du côté du manoir, et avant d'avoir fait dix pas, ses sens tendus par l'énervement lui apprirent qu'elle était suivie. Elle se retourna brusquement juste pour voir une ombre disparaître derrière un arbre sur sa gauche. Ce fut rapide,

Que signifie cette poursuite?... (p. 18).

mais elle eut le temps de distinguer la silhouette de l'homme de tout à l'heure...

Après une hésitation de quelques secondes, Mary repartit et coupant à travers les broussailles, se mit à courir pour atteindre la maison par la route la plus courte.

C'était une sottise : elle le vit bientôt. Il n'y avait plus trace de sentier.

Elle s'arrêta aussi soudainement qu'elle s'était mise à courir et se retourna pour faire face à son poursuivant.

Cette fois, au lieu d'essayer de se cacher, celui-ci se tint à découvert, l'examinant avec une joie mal dissimulée. Il parla avec ce ton curieusement sourd et bas employé déjà tout à l'heure pour avertir les deux jeunes filles de l'arrivée de la police, ce ton à peine plus élevé qu'un murmure, mais pourtant d'une singulière puissance de pénétration.

— Plutôt mauvais, le chemin ; n'est-ce pas, mam'zelle ? J'espère que ce n'est pas moi qui vous faisais peur ?

Maintenant que miss Grant pouvait apercevoir distinctement l'individu, elle se rassurait un peu,

Vraiment, son apparence ne présentait rien de bien terrifiant.

C'était un homme petit, un peu courbé, sans barbe ni moustache, et sans plus de sourcils. Dans ses yeux, une lueur mobile rappelait celle d'un furet. Il portait un vêtement usagé de serge bleue et un chapeau melon un peu trop large pour lui et incliné sur le côté. Miss Willett avait fait remarquer ses cheveux coupés ras, mais sa constatation semblait fausse, son crâne étant aussi glabre que sa figure. Ses manières craintives faisaient comprendre qu'il aimait rester à distance.

Miss Grant avait rarement vu un individu plus désagréable.

— Que signifie cette poursuite ? demanda-t-elle. Qui êtes-vous ?

— Naturellement, miss, un interlocuteur doit avoir un nom. Le mien est Lionel Herbert. Lionel Herbert, esquire. On trouverait difficilement un nom plus respectable, n'est-ce pas ? Et, bien entendu, vous êtes miss Grant. Très heureux de faire votre connaissance.

— Que faites-vous dans ce bois ? Vous savez cependant que c'est une propriété particulière.

— Particulière, vraiment ! J'ai toujours été d'avis que le sol devait être propriété nationale ; comme cela, personne ne s'approprierait de si beaux bois en les volant aux autres ! Mais laissons cela... Lorsque quelqu'un a des affaires graves à traiter, il lui est permis d'entrer même dans un bois privé. Et justement, il se trouve que j'ai une petite affaire à régler avec vous.

— Quelle affaire pouvez-vous avoir avec moi ?

Rien n'aurait pu être plus méprisant que la façon dont la jeune fille posa cette question, et rien de plus poli et pourtant de plus insolent et plus menaçant au fond que la réponse de Lionel.

— A première vue, évidemment, miss, on pourrait se demander ce qu'un individu de mon espèce peut avoir de commun avec une élégante et aristocratique jeune fille comme vous... Mais vous savez, vous, ce que je veux dire... et vous savez aussi que si vous ne voulez pas m'écouter, il peut résulter pour vous une chose excessivement grave.

— Je ne vous connais pas, monsieur... Je n'ai rien à faire avec vous.

Mary dit ces mots fièrement, autant qu'elle le put, et pourtant sa voix tremblait, et un émoi se lisait sur son visage.

— Oh ! remettez-vous, miss. Vous voyez que vous savez bien de quoi il s'agit, puisque vous voilà si bouleversée !... Car vous êtes vraiment bouleversée, miss Grant. Vos beaux yeux sont effarés, vos lèvres se crispent, et vos joués, si fraîches d'habitude, sont blanches comme des lys... Et puis, si vous ne saviez pas que je suis à redouter pour vous, vous ne vous donneriez pas la peine de parler à un homme comme moi, et de l'écouter... Non, vous m'auriez chassé ou vous auriez couru au manoir pour appeler vos domestiques et me faire jeter par eux sur la route. Mais vous ne faites pas cela, parce que vous savez que moi seul peux vous donner des ordres !

On ne pourrait nier le changement survenu dans l'attitude de la jeune fille. Quelque chose lui collait la langue au palais, et elle avait toutes les difficultés du monde à prononcer une parole. Enfin, avec un effort terrible, elle arriva à émettre cette courte phrase :

— Je ne sais pas ce que vous voulez dire...

— Voyons, pas de mensonges ! Excusez-moi d'employer de tels mots. Il ne faut pas de mensonges entre vous et moi. Ce serait regrettable. Vous me comprenez, n'est-ce pas ? quoique je parle, comme dit Shakespeare, d'une « action sans nom » ?

La jeune fille semblait savoir à quoi s'en tenir, en effet, car l'expression entière de sa physionomie s'altérait de façon douloureuse.

Cela frappa et affecta même l'homme qui lui causait ; il recula de plusieurs pas, comme effrayé. Ses observations prirent la forme de reproches, sa voix devint encore plus semblable à un murmure, toujours avec la même puissance pénétrante.

— Rien ne sert de se tourmenter de la sorte, dit-il. J'ai vu jouer Macbech et me suis toujours étonnée de la manière stupide dont il se conduit dans la suite. Ce qui est fait est fait. Il n'y a plus à y revenir. Quant à vous, vous n'avez aucune raison d'avoir peur de moi.

— Pensez-vous me faire peur ?

La question se posait d'une voix si tremblante et de façon si peu énergique que Lionel Herbert recula encore avec un geste nerveux, comme si la peur l'étreignait, lui bien plutôt qu'elle.

— Je ne désire nullement vous effrayer, je vous assure. Je veux simplement que nous arrivions à nous entendre.

Elle marcha vers lui à travers les broussailles, de l'air de quelqu'un qui a une arme dans chaque main. A son tour, elle semblait menacer, et lui paraissait effrayé.

— Dites-moi de quelle manière nous devons nous entendre.

— Tout à l'heure.

Mary s'était redressée de toute sa hauteur, et elle dominait entièrement l'homme, petit, courbé en deux, semblant un pygmée en face d'un géant. On sentait que si elle avait eu une arme sur elle, elle l'aurait frappé. Il en avait d'ailleurs parfaitement conscience et il joua au plus rusé.

— Ne me touchez pas !... Vous vous en repentirez...

— Vous toucher !

Elle répéta ces mots en riant et le son de son rire la fit sursauter. L'autre avait levé le bras pour protéger sa figure.

— La seule chose avec laquelle j'oserais vous toucher, c'est une fourche... Je m'en servirais pour vous jeter dans le ruisseau avec les ordures !

Elle se retourna et s'éloigna à grands pas le long du sentier. Il l'appela.

— Ça va bien, c'est la ligne de conduite que vous êtes décidée à suivre ? Parfait. J'accepte cette nouvelle méthode. Seulement, rappelez-vous que « je sais ». Et si vous ne voulez pas en venir à un arrangement avec moi, vous le regretterez.

Miss Grant continua de marcher encore pendant quelques mètres, puis elle s'arrêta brusquement et lui parla en tournant à peine la tête.

— Qu'appelez-vous un arrangement ?

Il regarda avec inquiétude autour de lui.

— Il ne fait jamais bon parler trop haut. Si vous le permettez, je vais me rapprocher un peu.

Elle ne répondit rien. Il s'avança vers elle le long du sentier. Et quand il fut à environ six pieds d'elle, elle l'arrêta.

— C'est assez près comme cela.

— Bien. Mais ne craignez rien, je n'ai aucune raison de vous être désagréable.

— Je vous en prie, n'essayez pas, en tout cas, d'être aimable !

— Un homme y est obligé quand il s'agit d'une aussi jolie dame que vous.

— Si vous faisiez une remarque pareille auprès d'une mare, je vous y précipiterais.

— Je suis persuadé que vous essayeriez, tout au

moins, je n'en ai pas le moindre doute. Vous avez des mouvements très rapides, extraordinairement rapides, je m'en suis déjà aperçu.

Il mettait dans ses paroles un sens voulu, et elle le vit pleinement. Sa face redevint rigide à tel point que la froide en paraissait altérée et qu'on l'eût dit vieillie soudain.

Une telle lueur passa dans ses yeux qu'il en fut effrayé et essaya de s'excuser.

— Pourquoi me provoquer? C'est votre faute. Je ne désire pas parler de tout cela. Et je n'en parlerais pas si vous n'aviez tant le désir de me jeter dans des mares, ou des ruisseaux. Je n'aime pas plus cela que vous, n'aimez l'autre chose. Voyons, vous allez me traiter raisonnablement, et je ferai de même pour vous... Donc, décidons que vous viendrez ce soir dans le pavillon pour faire un bout de causette avec moi.

— Décidez ce que vous voudrez. Je donnerai des ordres pour que les chiens soient lâchés de façon à débarrasser la propriété des vagabonds qui s'y réfugient.

— Oh! non, vous ne ferez pas ça! Vous viendrez, et nous aurons une charmante conversation. Quand vous penserez cela tranquillement, comme vous allez le faire tout à l'heure, vous verrez que c'est le parti le plus sage et le plus sûr. Après dîner, vous irez faire un tour du côté du pavillon... aussi sûr que vous êtes devant moi.

Mary se détourna et s'en alla sans répondre en suivant le sentier. Il la regarda s'éloigner.

Lorsqu'elle fut arrivée à la lisière du bois, en face d'une porte qui fermait le sentier, là où la propriété commençait vraiment, un son déchira l'air tranquille. C'étaient trois coups de sifflet, l'un aigu, l'autre grave et le troisième aigu également, lancés avec une force surprenante. Miss Grant, qui avait la main sur la porte, tressaillit, tressauta, comme [si] ce bruit l'eût frappée véritablement. En regardant derrière elle, elle vit l'homme debout à la place où elle l'avait laissé, tenant un doigt sur ses lèvres. Il lui cria, toujours sans paraître élever la voix, et quoiqu'ils fussent éloignés d'au moins cent mètres, chaque mot était parfaitement clair et distinct:

— Ça, c'est mon signal particulier, la propriété de Lyonel Herbert. Chaque fois que vous l'entendrez, vous saurez que je désire vous parler. Si vous n'y êtes pas, vous saurez où, à l'heure dite, vous l'entendrez cette nuit et vous saurez ce qu'il signifie.

XIII

UNE BONNE AME

Quand Miss Grant entra à Mansionhouse, Lilian Howard vint dans le hall à sa rencontre.

— Où avez-vous été?

— J'ai été faire une promenade dans le bois, à ma clairière.

— Mais qu'avez-vous, ma chérie? Vous êtes livide. Regardez-vous dans cette glace! Je vous en prie, quittez cette expression effrayante. Miss Peterson, la sœur du pasteur, est dans le petit salon. Elle désire vous voir et vous attend depuis longtemps. Elle m'a dit très franchement et très naïve-

ment qu'elle n'était pas venue pour moi. Arrangez vos cheveux et souriez... puis venez la trouver. Je vous devance pour la prévenir de votre arrivée.

Lilian disparut. Mary, après avoir hésité un moment, se dirigea vers la bibliothèque. Une glace plaquée sur le mur entre deux fenêtres; elle s'y regarda et comprit l'étonnement de sa cousine. Elle reconnut à peine sa propre figure. Comme elle levait les mains vers sa chevelure pour l'arranger, elle sentit remuer l'enveloppe cachée dans sa blouse. Son esprit était si complètement absorbé par sa conversation avec Lionel qu'elle l'avait oubliée.

Elle ne savait pas ce que lui voulait miss Peterson, mais elle ne pouvait paraître devant elle avec ce papier dans son corsage. La sœur du pasteur pouvait la prendre dans ses bras pour l'embrasser; elle sentirait l'enveloppe... demanderait ce que c'était... Mary se trahirait par son trouble; ses nerfs ne lui obéissaient plus.

Elle ferma la porte de la bibliothèque avec précaution, et, dégrafant sa blouse, en sortit le testament avec un énervement tel que ses mains tremblaient.

Mais qu'en faire? Où le cacher?

A côté d'elle, sur un piédestal assez bas se dressait un vase de cuivre repoussé contenant une plante délicate chargée de fleurs pâles.

Miss Grant eut une idée; elle souleva le pot, glissa le papier dans le vase et reposa dessus la plante fleurie. Mais le pot replacé, un coin de l'enveloppe restait visible. C'était peu apparent, et nul ne l'eût remarqué sans être prévenu. Cependant, Mary souleva le pot pour le cacher plus complètement. La sonnerie du téléphone retentit soudain.

La jeune fille hésita. La sonnerie retentit de nouveau à plusieurs reprises. Se précipitant vers la table, elle saisit le récepteur.

— Oui... Qui est là?

Pas de réponse.

La porte s'ouvrit, et Lilian entra.

— N'était-ce pas le téléphone?

— Il vient de sonner, mais je ne sais pas qui appelle.

— Donnez-moi le récepteur, j'attendrai. Quant à vous, allez voir miss Peterson.

Mary tendit le récepteur à sa cousine. Quittant la bibliothèque, elle traversa le hall, se dirigeant vers le petit salon. Son amie était debout près de la fenêtre. Elle se retourna à son approche et se répandit en discours animés et pétulants:

— Pauvre petite chose, vous semblez bien fatiguée! Que vous a-t-on fait?

Juste comme elle l'avait prévu, miss Peterson la prit dans ses bras et la serra contre elle. Il y avait dans l'étreinte de ces deux bras robustes une sorte de réconfort. Celle-ci sembla à Mary une amie aussi sûre, aussi bonne que son frère.

Cette tendresse remua le cœur de la jeune fille qui soudain éclata en sanglots convulsifs. Miss Peterson la fit asseoir sur le divan et se mit à la consoler comme on console les tout petits bébés.

Puis, changeant de sujet:

— Mary! je crois, Dieu me pardonne! que je vous ai attendue deux bonnes heures. Avez-vous vu mon frère?

C'est peut-être l'inattendu de la question qui fit rougir les joues de miss Grant.

— Je vois que oui! Alors il s'est décidé, n'est-ce pas? Quoiqu'il ne m'en ait jamais soufflé mot, je savais qu'il le ferait dès qu'il en trouverait l'occasion. Il vous aime comme seuls les hommes de son espèce peuvent aimer une femme. On raconte une

masse d'histoires stupides au sujet de l'amour.
Pierre, lui, est une exception. Il n'y a rien que vous
ne puissiez lui demander qu'il ne fasse même une
folie, si grande soit-elle. Et il ne ferait rien sans
vous demander votre avis.

— Il m'est très sympathique.

— L'aimez-vous?

Miss Grant baissa la tête. Elle enlevait, du bas de
sa jupe, les traces de sa course à travers bois.

— L'aimez-vous assez pour devenir sa femme?
insista Laure.

Mary répondit en tapotant encore sa robe :

— Aimeriez-vous à me voir devenir sa femme
après tout ce qu'on peut dire contre moi?

— On ne peut rien dire contre vous. Je vous
connais comme vous me connaissez. Et rien de ce
que l'on dirait ne pourrait vous rendre indigne de
devenir la femme heureuse d'un honnête homme
dont les meilleurs gentlemen du pays pourraient
être envieux.

Les joues de la jeune fille rougirent encore plus.
Elle baissa de nouveau la tête, tandis que miss
Laura reprenait :

— Si j'aimerais vous voir la femme de Pierre?
demandez-vous. Mais c'est pour vous en supplier
que je vous ai attendue deux longues heures... car
je vous avoue que c'est là, véritablement, mon plus
cher désir.

— Et pourquoi désirez-vous cette union si vivement?

— Pour plusieurs raisons ; la première, c'est que
mon frère vous adore et que vous seule pouvez
faire son bonheur... La seconde c'est qu'en l'épousant, vous me rendrez à moi un immense service.

— Un service à vous?... Je vous ne comprends
pas.

Miss Peterson se tourna un peu sur le divan
afin de regarder miss Grant bien en face.

— Mary, n'avez-vous rien remarqué entre moi et
Sholto?

— Le suppléant de votre frère?

— Oui... Il y a dix jours, Sholto m'a demandé
de vouloir bien devenir sa femme, et j'ai répondu
oui.

— Ma chère amie, j'espère fermement que vous
serez heureuse!

— Vous paraissez en douter... Je comprends...
vous n'aimez pas Sholto...

— Je ne l'aime ni ne le déteste... Mais il est... il
est si terriblement bon!

— Exactement; je lui dis qu'il est l'ébauche d'un
saint. Voilà pourquoi nous sommes faits l'un pour
l'autre. Il apporte la sainteté, et moi j'apporte le
sens commun... Pourtant, il n'est pas sot, comme
vous vous en apercevrez quand vous le connaîtrez.
C'est la même chose pour vous et Pierre. Il apporte
les qualités matérielles, et vous, les immatérielles.
Peut-il y avoir une meilleure combinaison? Maintenant, voici comment vous me rendriez service en
épousant Pierre : je ne veux pas épouser le suppléant de mon frère, et Sholto ne veut pas épouser
la sœur de son pasteur...

— Je ne comprends pas...

— Attendez. L'amour de Pierre pour les ordres
n'est pas plus vif que le vôtre. Vous ne désirez pas
précisément être la femme d'un parson?

— Je ne suis pas sûre, en effet, d'avoir une vocation bien déterminée...

— Moi, par contre, je l'ai, cette vocation. Mais
je ne puis dire à Pierre «Frère, voici une somme
rondelette en échange du bénéfice dont vous êtes
titulaire, pour que vous l'abandonniez à Sholto dont
je veux devenir la femme...».

— En effet ce serait peu correct...

— N'est-ce pas?... Tandis que si vous suggériez
à Pierre que vous ne sauriez avoir pour mari un
pasteur, il ferait, j'en suis sûre, cadeau du bénéfice
tout entier... heureux encore de s'en débarrasser
bien vite. J'accepterais ce bénéfice comme présent
de noce à Sholto.

— Et moi, dans tout cela, que puis-je devenir?

— Donnez à l'offre de Pierre votre plus grande
attention, à cause de lui, à cause de vous. Je crois
que sa femme sera heureuse parmi les heureuses..
Que lui avez-vous répondu, cet après-midi?

— Peu de chose. Il voulait que je réfléchisse.

— C'est bien de lui. Il a parfaitement compris
que, brusquée, vous auriez dit non.

XIV

L'ENVELOPPE

Miss Grant resta un instant dans le petit
salon après le départ de son amie, essayant en vain de mettre un peu d'ordre
dans ses pensées confuses.

D'abord, il y avait le pasteur, puis
maintenant sa sœur... Au moment où Mary essayait de rassembler ce que venait de dire miss
Peterson, elle se rappela soudain l'enveloppe cachée
dans le vase de cuivre. Peut-être, pourrait-elle, à
présent, la reprendre sans éveiller l'attention, et
se retirer bien vite dans sa chambre pour examiner
le contenu sans qu'on vienne la troubler.

Elle se dirigea vers la bibliothèque. Il n'y avait
personne dans la pièce. Elle s'approcha du vase :
l'enveloppe n'y était plus.

Qui pouvait l'avoir prise? Qui savait qu'elle
était là?

Juste avant de quitter la pièce, la sonnerie du
téléphone avait retenti. Lilian Howard lui avait
enlevé le récepteur des mains pour ne plus faire
attendre la sœur du pasteur. Elle était donc restée
seule dans la bibliothèque... Se pouvait-il...

Comme cette question restait sans réponse, Lilian
apparut à la porte.

— Enfin, cette femme est partie? Je la croyais
installée ici définitivement. Que voulait-elle?

Au lieu de répondre à la question de sa cousine,
la jeune fille en posa une autre, à son tour.

— Avez-vous?

Elle s'arrêta, comprenant l'inutilité d'une pareille demande.

Lilian la regarda.

— Ai-je quoi?

Sans même répondre, Mary se dirigea vers une
fenêtre et se pencha au dehors, recherchant la
caresse de l'air frais. Lilian fronça ses jolis sourcils dans une perplexité visible.

— Ma chère Mary, je vous ai déjà dit avant que
vous n'alliez auprès de miss Peterson, que vous
étiez livide et aviez l'air bouleversée. Et maintenant,
vous paraissez l'être davantage. Que voulait donc
cette intrépide visiteuse?

— Elle désirait simplement me parler.

— Je pensais bien qu'elle ne venait pas vous
battre!... quoiqu'on puisse le croire en vous regar-

dant ? Je demandais seulement ce qu'on pouvait avoir à vous dire de si mystérieux. Miss Grant ne répondit pas ... Appuyée contre une table, Lilian la regardait comme si elle eut essayé de deviner ses pensées.

— Mary, reprit-elle enfin, vous ne m'avez pas habituée à avoir des secrets pour moi.. Et je suis plus âgée que vous...

— Dix mois !

— Oui, mais quels mois ! De plus je suis mariée, et une femme mariée est toujours beaucoup plus vieille qu'une jeune fille.

— J'en doute.

— Puis, nous avons été toujours les meilleures amies du monde, et j'espère que nous le resterons. Mais j'ai remarqué en vous un changement étrange qui s'accroît chaque jour. et vous me donner une certaine anxiété. Non, vous n'êtes plus la même, et vous m'effrayer ! Pour l'amour de Dieu, ne devenez pas une femme nerveuse !

« A propos, qui est ce Lionel Herbert ?

— Pourquoi me posez-vous cette question ?

— Quand vous alliez rejoindre miss Peterson, la sonnerie du téléphone a retenti, n'est-ce pas ? J'ai pris le récepteur et j'ai dit : « Allo ! » On répondit ces paroles assez bizarres : « Veuillez donc avoir la bonté de dire à miss Grant de ne pas oublier que le nom est Lionel Herbert, esquire. » La voix s'arrêta... J'attendis la suite, mais rien ne vint... qui est ce Herbert ?

Pendant que sa cousine parlait, Mary s'était tournée encore vers la fenêtre et à présent elle tournait le dos à son interlocutrice.

— Je ne le sais pas plus que vous.

— Vous ne le savez pas ?... Très bien, vous avez des secrets, gardez-les, vous êtes libre... Mais songez qu'il peut y avoir des choses graves que vous ne démêlez pas...

Se rapprochant du vase de cuivre, la jeune fille se mit à essuyer les feuilles de la splendide plante, délicatement, avec le bout de ses doigts.

— Il y a une chose encore dont je voudrais vous parler, Mary... C'est du testament de notre oncle. C'est un sujet sur lequel il faudra nous entendre, vous et moi, et aussitôt que possible.

Lilian s'arrêta, attendant que sa cousine parlât. Doucement, clairement, d'une voix qui, pourtant, ne paraissait pas naturelle mais subissant une volonté plus forte que la sienne :

— Avez-vous vu une enveloppe ?

Il y eut un petit silence. Mme Howard continuait à frotter le feuillage de la plante. Elle semblait chercher, sans y parvenir, ce que signifiait cette question.

— Une enveloppe ? Une enveloppe ?...

— Avez-vous vu une enveloppe, tout à l'heure, dans cette pièce ?

— Que voulez-vous dire, ma chère enfant ?

— Je cherche quelque chose, simplement.

— Voyons, Mary, je vous parle du testament de notre oncle, et au lieu de me prêter attention, vous prenez une échappatoire en me parlant d'une enveloppe... Voulez-vous me faire la faveur de m'écouter un instant ? Je vous parle du testament de notre oncle Bulfer. Il nous met toutes deux dans une situation désagréable. Il y en a un qui est trouvé et l'autre qui le sera ou ne le sera pas... mais, en attendant, nous n'obtiendront rien, ni l'une ni l'autre, ni argent ni bien, à moins que nous ne fassions un arrangement. Patrick a parlé aux hommes de loi, mais on ne leur arrachera pas un penny avant le règlement définitif des affaires. Mon mari a perdu ou dépensé sa propre fortune, et

depuis, nous avons vécu de sommes empruntées à mon oncle. Maintenant, il n'est plus là, les hommes de loi retiennent tout... notre position devient extrêmement difficile.

— Mais pour le moment, tout ce que mon oncle a laissé vous appartient.

Mme Howard leva les mains dans un joli geste de détresse.

— Ma chère enfant à quoi bon parler de cela ? Vous savez que je n'accepte pas l'acte qui vous dépouille, vous. D'un autre côté, maître Lazarus et les hommes d'affaires de notre oncle, ne donneront rien de l'héritage avant qu'un temps raisonnable se soit écoulé pour la recherche de l'autre testament. Pendant ce délai, qu'allons-nous devenir, Patrick et moi ? Nous n'avons plus un penny !

— Je suis dans la même situation.

— Il semble que les hommes de loi craignent que ce testament ait été volé dans la nuit fatale... Mais par qui ?

La jeune fille, accoudée à la fenêtre ne répondit pas. Elle restait immobile. Voyant qu'elle ne voulait pas parler, Lilian continua, de sa voix douce et gentille :

— C'est ennuyeux, et tout cela nécessitera le renvoi de la question devant un horrible tribunal... si nous ne nous entendons pas dès à présent, Mary.

— Je ne veux pas un centime ! Je vous ai dit que je ne toucherai rien de la fortune de mon oncle. Je suis prête à vous signer un papier renonçant à tous mes droits en votre faveur.

— Et alors, comment vivrez-vous ? Je sais bien que la merveilleuse invention de Roberts va rapporter et que vraisemblablement il sera bientôt millionnaire... Je suis sûre que vous l'épouserez...

— Je n'épouserai pas Roberts.

— Alors que ferez-vous ?

— Je signerai tout de suite le papier dont je vous parle, s'il est bien entendu que je ne toucherai rien et que cet argent sera pour vous.

— Je ne vous demande pas une réponse immédiate, ma chérie. Mais si demain vous pouviez faire ce que je vous demande, vous m'enlèveriez de l'esprit un poids énorme, et vous nous rendriez un service que nous n'oublierons jamais.

Quand Mme Howard cessa de parler, Mary se retourna vers elle et recommença à lui poser la question de tout à l'heure.

— Lilian, êtes-vous bien sûre de ne pas avoir trouvé une enveloppe dans cette pièce ?

— Ma chère enfant, quelle est cette idée ridicule qui vous bouleverse ? Quelle merveilleuse enveloppe suis-je supposé avoir trouvée ?

— Répondez-moi simplement, oui ou non.

— Je n'ai pas vu d'enveloppe ! s'écria Mme Howard d'un ton qui, pour elle d'ordinaire si calme, était de la colère... d'enveloppe de n'importe quelle forme, ni dans cette pièce, ni dans aucune autre de la maison, ni après votre départ, ni durant toute la journée. Vraiment, cette affirmation vous est-elle suffisante ?

Le téléphone fit retentir sa sonnerie grésillante. Mme Howard s'approcha de la table. En prenant le récepteur elle murmura.

— Qui est-ce maintenant ? Si c'est votre aristocratique ami qui éprouve le besoin de vous rappeler son nom, je vous prierai de lui répondre vous-même, ma chère.

XV

L'ÉTANG AUX POISSONS

Les deux jeunes femmes dînèrent ensemble. L'appel téléphonique venait de Howard. Il informait sa femme qu'ayant rencontré un ami, il passerait la soirée avec lui. Il ajoutait que cet ami était Jim Roberts.

Quand les deux cousines, ayant quitté la salle à manger, se trouvèrent dans le hall, Mme Howard dit d'un ton très animé :

— Ma parole, Mary, vous devenez par trop sinistre. Je vais dans ma chambre. Patrick rentrera tard, et votre attitude est tellement déprimante que si je dois avoir le spleen, je préfère l'avoir seule.

Lilian embrassa froidement sa cousine qui ne lui répondait pas, et elle monta au premier étage. Un instant après, miss Grant sortit. Elle alla dans la cour de l'écurie, à cette heure déserte, et déchaîna le gros chien Saint-Bernard, Boris. Passant une laisse à son collier, elle partit avec lui pour une promenade dans le parc, semblait-il.

C'était une belle nuit. Les étoiles se groupaient en masses étincelantes dans un ciel sans nuages. La faible brise qui soufflait venait du Sud. Si Boris s'étonnait de cette sortie en dehors de ses habitudes il n'en laissait rien paraître, et, comme un gentleman, il ne posait pas de questions. Sans tirer sur la laisse il marchait silencieusement du même pas que la jeune fille.

Celle-ci pensait à sa vie à Mansionhouse.

Elle se sentait seule et abandonnée au milieu des richesses de John Butler. Elle ne pouvait comprendre l'être moral de son oncle, pas plus qu'il ne l'avait comprise elle-même. Il habitait un monde entièrement différent du sien. Il agissait comme si elle n'existait pas, ne lui laissant aucune part dans la direction de la maison.

Un être bien vivant et jeune entra un jour dans sa vie : Jim Roberts. Ils avaient fait connaissance d'une façon étrange. Leur première rencontre datait du mariage de Lilian, mais la première conversation qu'ils eurent ensemble eut lieu, plusieurs mois après, dans la verte clairière où ils avaient passé un après-midi joyeux et mélancolique.

C'est depuis qu'elle apprécie la place immense qu'il tenait dans son existence et du bonheur qui pourrait enfin fleurir sa vie.

Puis était arrivée la fameuse nuit où il l'avait prise dans ses bras robustes. Son âme à ce moment battait dans sa poitrine comme si elle eût voulu s'envoler au loin. C'était le premier baiser... le premier qu'elle eût jamais reçu d'un homme à l'exception de son père... Juste, quand les lèvres de son ami s'approchaient de son visage, elle s'était un peu éloignée, tremblante, recherchant l'appui de l'arbre près duquel ils se tenaient, parce que le sol lui semblait s'enfoncer sous ses pieds. Encore maintenant, elle pouvait, en fermant les yeux, éprouver la même sensation, et comme la première fois, le sol se dérobait sous elle...

Elle s'arrêta tout d'un coup, les yeux fermés, immobile, et Boris crut qu'elle tirait sur son collier.

Dans le parc de Mansionhouse, une pièce d'eau assez grande étendait sa nappe tranquille : on l'appelait l'étang aux poissons. Elle datait, sans doute, de l'époque où des pieuses familles de la gentry désiraient avoir toujours sous la main un approvisionnement de poissons en vue des jours où la religion ordonnait de faire maigre.

Miss Grant et Boris arrivaient près de ce lac de forme ovale irrégulière. Presque partout, des arbres le bordaient. A l'endroit où la jeune fille s'arrêtait avec le chien, des bouleaux argentés tendaient un léger et frémissant rideau de feuillage. Au-dessous, l'ombre profonde les rendait invisibles même à des yeux perçants. La jeune fille se plut dans cette obscurité troublante et enveloppante où s'apaisaient ses nerfs. Devant elle s'étendait la silencieuse et immobile surface des eaux sur laquelle semblait planer un mystère des anciens jours.

On disait à Mansionhouse que de mémoire d'homme, on n'avait jamais vu une ride sur l'eau de l'étang, cela à cause de sa profondeur. Par les plus grands vents, Mary elle aussi l'avait remarqué, l'onde ne s'agitait même pas. La surface restait invariablement calme, claire et noire. On expliquait cette teinte sombre par la masse d'herbes qui tapissaient le fond du lac et par la voûte d'ombre que projetaient les arbres de la rive.

Tout près, le sol s'élevait lentement vers la gauche. En haut se dressait le pavillon dont l'homme lui avait parlé cet après-midi, dans le bois. Elle se demandait comment il pouvait connaître son existence. Beaucoup de gens venus à Mansionhouse assez souvent, ne l'avaient jamais vu. Et tant d'arbres touffus l'entouraient qu'on ne l'apercevait que d'un côté.

Mary sentait, par une vague intuition, que cet Herbert avait dû être un familier de la maison ou des environs. Mais qui était-il ? Un homme employé par son oncle... renvoyé peut-être ?... ou bien un chemineau ?... Il lui semblait se rappeler avoir vu un jour John Butler avec un individu dont l'extérieur rappelait celui de Herbert. La jeune fille avait interrogé son oncle à ce sujet, et il avait répondu, avec son mauvais sourire, que cet homme était un huissier dans les intervalles de sa véritable profession, laquelle était le cambriolage. Oui, ce devait être un individu de cette espèce, que maître Lionel Herbert esquire.

A son souvenir, un pli de dégoût et de dédain plissa la jolie lèvre de miss Grant, et l'âpre souffrance qui la rongeait submergea son âme.

Puisqu'elle ne savait pas nager, il lui serait facile de mettre fin à tous ses tourments en se laissant glisser doucement dans cette eau tranquille et noire semblant faite de sommeil et d'oubli.

Avant peu, elle serait peut-être bien obligée d'en arriver à une solution de ce genre. Ça serait une fin préférable et moins horrible que celle qu'imaginait sa fièvre.

A vingt-trois ans à peine, le sang rouge de la jeunesse coulant impétueusement dans ses veines, avec une part de qualités physiques suffisantes pour la faire désirer et aimer par les hommes, la pauvre Mary sentait que tout était fini pour elle déjà ! Et son cœur criait de désespérance devant le sort malheureux qu'elle se sentait réservé.

Néanmoins, son bon sens pratique, non oblitéré lui démontra que, si elle essayait de se jeter à l'eau, Boris ferait certainement tous ses efforts pour la retirer, et qu'il la sauverait, la brave bête. Le moment était donc mal choisi.

Tenant toujours le chien en laisse, elle remonta à gauche, le long du sentier qui menait au pavillon.

Elle allait lentement, comme si son seul but était de monter le charme du soir... Soudain, elle sentit une odeur bien différente du parfum des fleurs et de la nuit... C'était une odeur de mauvais tabac fumé dans une mauvaise pipe. Au même moment, Boris commença à tirer sur sa laisse et à grogner sourdement.

— Boris, reste tranquille! fit Mary en le retenant.

Ces mots étaient murmurés plutôt que prononcés, mais le chien comprit. Il marcha silencieusement à ses côtés, comme tout à l'heure, les yeux fixés droit devant lui, tous les sens en éveil. Le pavillon se dressait à vingt ou trente mètres devant eux.

Il souffla dans le tuyau de sa pipe pour s'assurer qu'elle était bien débourrée.

— Puis, je veux me refaire une autre vie... Pas moyen dans une contrée où chaque satané sergot me traite comme s'il devait m'arrêter demain! Le pays rêvé pour moi ce sont les Etats-Unis d'Amérique... Là, mes talents seront certainement appréciés. J'ai un ami dans le Colorado, dont les affaires marchent bien, et qui serait très heureux de m'avoir comme associé si j'avais assez d'argent pour acheter une part dans son commerce — un tranquille petit commerce. Cinq cents livres, c'est tout ce qu'il me faudrait pour cette part... Vous me les donnerez, et je quitterai l'Angleterre pour toujours. Je changerai de nom, et ce sera comme si j'étais mort pour vous... même comme si je n'avais pas vécu. De cette façon, si je me marie, j'apporterai à ma femme un nom honnête et respectable, dont nos enfants n'auront nulle honte. Voilà la petite entente que je voulais vous proposer. Comprenez-vous maintenant?

— Je ne vous donnerai pas ces cinq cents livres... Je n'ai pas un penny!

— Pas de blagues! Vous pouvez avoir cette petite somme en prenant seulement la peine de la demander. Faites un signe au notaire du vieux, et vous l'aurez tout de suite.

— Tout de suite?

— Oui. Nous sommes mardi. Je veux 30 ou 40 livres demain, et le reste vendredi ou samedi. Je partirai pour l'Amérique, et je vous jure que je n'en reviendrai jamais.

— Si je vous donnais cette somme, vous n'iriez point en Amérique et ne recommenceriez point une nouvelle vie... Vous êtes incapable d'agir ainsi. Vous dépenseriez l'argent puis vous reviendriez me demander de nouvelles sommes.

— Pour une gentille dame comme vous, vous avez une bien basse opinion de la nature humaine. Je suis un peu exigeant. Je désire seulement profiter de votre veine à vous. Me donnerez-vous l'argent, oui ou non?

— Ce que je veux, c'est que vous disparaissiez le plus rapidement possible.

— Oh! j'irai vite, allez, pour voir l'inspecteur Reskin. Ils ne vous pendront peut-être pas... mais vous condamneront aux travaux forcés à vie, aussi vrai que vous voilà.

Il s'était rapproché. Boris, en le sentant avancer, commença à gronder. Lionel se retira très vite.

— Oui, je vous ferai pendre! Quand je dirai la vérité au tribunal, ils auront aussi peu de pitié pour vous que vous en avez eu pour le pauvre vieux. Et retenez ce chien, n'essayez pas de me faire peur avec lui, car je vais tirer, aussi vrai que je vous le dis!

Comme il arrive souvent aux chiens, l'excitation de l'homme se communique à l'animal. Peut-être Boris supposa que la façon dont l'homme élevait la voix annonçait un malheur proche. Il vit sans doute, dans cette violence de langage un danger pour Mary, car il se mit à sauter et à tirer sur sa laisse en grondant sourdement. Puis soudain il s'échappa. L'homme fit un pas en arrière. Le chien s'avança furieux, mais l'homme avait levé son revolver et fit feu. Boris, avec un hurlement de rage, lui sauta à la gorge. L'homme bascula sur le bord et, avec un bruit d'eau jaillissante, tomba dans le lac.

XVII

APRÈS

APRÈS le coup de fouet du revolver, le bruit du plongeon, un silence plana...

Boris se tenait sur le bord extrême du talus regardant fixement l'eau. A chaque instant, Mary avait l'impression qu'il allait sauter et qu'elle allait entendre le flot de l'homme se débattant pour sortir de l'eau. Mais rien ne se produisait, Boris ne bougeait pas, continuant à regarder en contre-bas comme s'il n'arrivait pas à comprendre ce qui se passait... Tout restait silencieux et calme... La surface du lac ne se ridait même pas d'une moire.

Mary porta la main à son épaule gauche. La balle l'avait atteinte là, sans toucher le chien. En passant à travers la manche du corsage, le projectile avait écorché la peau, et cela brûlait tellement que la jeune fille y porta la main instinctivement. Elle la retira toute humide, les doigts tachés de sang. Elle se baissa pour les essuyer sur l'herbe?... Boris se tourna contre elle en remuant la queue, mais se remit à fixer l'eau profonde.

Rien... que l'effarant silence et le mystère...

Boris la regarda; elle avança la main pour lui caresser la tête — la main gauche. Mais ce mouvement lui causa une douleur si vive qu'elle se mordit la lèvre pour ne pas pousser une exclamation. Elle voulut s'éloigner du lac où la scène tragique venait de se dérouler si rapidement, incapable de supporter plus longtemps de pareilles émotions, et elle se mit à marcher entraînant Boris. Le chien se retournait sans cesse vers la rive sombre qui s'enfonçait maintenant sous les arbres, derrière eux.

De nouveau, l'odeur du tabac frappa la jeune fille et la fit s'arrêter, haletante, en sa marche rapide. Une silhouette masculine s'avança vers eux. Sur le sentier couvert comme un berceau de verdure, la pointe rouge d'un cigare allumé trouait l'obscurité.

Le cœur de Mary bondit dans sa poitrine. Etait-ce l'homme qui revenait?... Non, non, il était dans le fond du lac, sous l'eau noire... Elle l'aurait bien vu surgir à la surface et remonter sur le talus.

D'ailleurs, celui qui arrivait devait être un ami de Boris, car le chien frétillait et poussait de petits abois joyeux en cherchant à s'échapper de la laisse pour courir à sa rencontre.

Une voix salua miss Grant :

— Allo! Mary, c'est vous avec Boris? Qui diable a fait tout ce bruit? On a tiré un coup de revolver et j'ai entendu un bruit de chute dans le lac. A cette heure de la nuit, c'est étrange. Avez-vous fait baigner Boris?

C'était Patrick Howard qui rentrait à la maison. Mary lâcha le chien qui se précipita à sa rencontre pour le fêter. Howard toucha sa fourrure en le caressant.

— Apparemment, vieux chien, vous n'avez pas pris de bain... Alors, qui est-ce qui en a pris un? On aurait cru, pourtant, que quelqu'un était tombé à l'eau. J'ai bien entendu ce bruit en descendant l'allée.

Miss Grant eut l'air de ne pas s'apercevoir de la question.

— Lilian ne savait pas à quelle heure vous rentreriez, aussi est-elle montée se coucher. Boris et moi nous sommes sortis pour faire une petite promenade. Nous avons fait le tour de l'étang... Peut-être m'avez-vous entendue jeter quelque chose dans l'eau.

— Une pierre énorme, alors, car le bruit était fort. Et ce coup de revolver, c'est vous qui l'avez tiré?

— Vous m'avez simplement entendu faire claquer le fouet de Boris.

Un des bouts de la laisse formait fouet. Elle en cingla l'air d'un coup sec, et cela produisit un bruit que, de loin et sans voir l'objet, on aurait pu prendre à la rigueur pour l'écho d'un coup de revolver. Il parut admettre cette explication.

Tous deux, côte à côte, descendaient maintenant le sentier ; Boris marchait devant eux. Ils restèrent silencieux un instant puis Patrick dit, avec l'accent traînard qu'il employait parfois pour ne pas être pris au sérieux quand il l'était réellement :

— C'est une chance de vous rencontrer ce soir, Mary... Je désirais depuis plusieurs jours avoir avec vous une tranquille petite conversation; mais vous vous êtes arrangée pour m'éviter.

— C'est involontairement, je vous assure.

Enlevant son cigare de sa bouche, Patrick en secoua la cendre avec soin.

— Mary, j'ai toujours pensé que vous étiez une jeune fille remarquable... J'ai dîné ce soir avec Roberts... et de ce qu'il m'a conté j'ai conclu que vous le traitiez mal... fort mal...

— Vous a-t-il chargé de faire cette commission?

— Pas du tout.

— Alors, je n'ai pas l'intention de vous permettre de commenter ma conduite envers lui ou envers d'autres.

— Mais enfin, vous ne pouvez punir un homme pour ce qu'il n'a jamais fait... surtout un homme qui adore le sol même où vous posez vos pieds... Non, vous ne le voudrez pas.

— Je commence à regretter de vous avoir rencontré.

— J'ai été stupide... mais si ma folie doit gâcher la vie de Jim en l'éloignant de vous, je ne me le pardonnerai jamais. Tout ce que je tiens à vous dire, c'est que c'est moi qui suis à blâmer pour tout ce qui arriva cette nuit-là.

— Laissez-moi vous dire que lorsque vous ou d'autres me parlez de cette nuit horrible, c'est comme si l'on m'enfonçait quelque chose dans le cœur.

— Si vous parlez ainsi, c'est que vous ne me comprenez pas...

— Faut-il que je m'en aille?

Comme s'il craignait qu'elle ne mît sa menace à exécution, il la prit par le bras. Elle poussa un cri de douleur.

— Mon bras!

Il la lâcha; elle trébucha et se retint au tronc d'un arbre. Il la regarda avec un étonnement profond.

— Mary! qu'avez-vous au bras? Votre manche est toute humide... et je crois, ma parole! que ma main est couverte de sang... Qui vous a blessée?

La jeune fille s'appuyait sur l'arbre, comme si elle avait besoin de son aide pour se tenir debout.

Il y avait un tremblement dans sa voix lorsqu'elle parla :

— Je dois m'être blessée en faisant le tour du lac.

— Comment auriez-vous pu vous blesser aussi grièvement? Vous saignez beaucoup. Ma main est rouge! Mary, c'est ce coup de revolver que j'ai entendu... Qui l'a tiré?

— Oh! je voudrais ne pas vous avoir rencontré!

Patrick étonné de l'exclamation de sa cousine,

Il marchait silencieusement du même pas que la jeune fille (p. 28).

garda le silence, sentant qu'elle avait un secret et qu'il n'avait pas le droit de le lui demander. Il essuya, lui aussi, sa main sur l'herbe, et, quand il se releva, ses manières avec elle avaient changé de familières, elles devenaient presque cérémonieuses.

— Je vous demande pardon, Mary, je ne veux nullement être indiscret. Dois-je vous accompagner jusqu'à la maison, ou préférez-vous rentrer seule?

— Soyez donc assez aimable pour mener Boris au chenil.

Tandis qu'il s'avançait vers l'écurie, Howard dit à Boris, la figure éclairée d'un sourire sceptique :

— Vieux chien, je pense souvent que si les gens de votre race parlaient, vous seriez certainement capable de jeter un peu de lumière sur les procédés mystérieux de ma jeune cousine car il a dû se passer tout à l'heure, devant vous, un drame qu'elle ne veut pas expliquer...

Puis il ajouta, après un moment de réflexion, en lui carressant la tête :

— Mais comme vous êtes un gentleman, Boris, même si vous pouviez parler, vous ne raconteriez rien de ce que vous avez vu...

XVIII

AU TÉLÉPHONE

C'ÉTAIT une assez vilaine blessure que la balle de Lyonel avait faite dans le bras de miss Grant, à l'endroit où l'humérus rejoint l'os de l'épaule, et elle apparaissait d'autant mieux sur la peau blanche de la jeune fille.

Quand, dans la solitude de sa chambre à coucher, elle défit son corsage et mit la plaie à nu, elle défaillit presque. Cependant, ce n'était qu'une blessure superficielle, mais elle n'en faisait que plus souffrir. L'ayant lavée dans la cuvette avec de l'eau froide, elle l'entoura aussi bien qu'elle le put, d'une bande de linge dont elle tenait un bout entre ses dents, tandis que sa main droite la faisait tourner en serrant le plus possible. Elle sentait que la douleur l'empêcherait de dormir... comme si une chose plus grave que ses propres pensées était nécessaire pour faire fuir le sommeil.

Quand elle eut pansé son épaule, elle eut l'idée de passer un autre corsage et de retourner à l'étang. Peut-être n'était-il pas encore trop tard... L'homme pouvait n'être peut-être pas tout à fait mort... sur la berge, ayant besoin de ces soins qui rappellent la vie chez les gens à moitié noyés.

Cet étang la hantait. Elle voyait distinctement... Elle entendait encore le bruit de la chute dans l'eau, le silence qui l'avait suivi, ce silence inexplicable... Pourquoi n'était-elle pas restée pour rendre à ce malheureux les services dictés par le plus élémentaire sentiment d'humanité? Si elle avait lancé Boris après lui, le chien l'aurait certainement ramené mort ou vivant des profondeurs du lac... Pourquoi avait-elle serré la laisse de la bête et pourquoi l'avait-elle emmenée?

Non, elle ne retournerait pas à l'étang. L'homme était mort, certainement, son cadavre restait au fond du lac... Il ne servirait à rien qu'elle allât grelotter dans l'obscurité de la nuit, les minutes qui lui restaient de la nuit.

Les lèvres serrées et les yeux fixes, Mary commença à se déshabiller pour se mettre au lit. Chaque vêtement qu'elle enlevait lui causait une souffrance intolérable à l'épaule blessée. Enfin, elle souleva la couche et se glissa entre les draps, ayant bien soin de s'installer sur le côté droit, la moindre lui causant une douleur de plus en plus vive.

Elle eût été heureuse si l'intensité de la souffrance l'avait empêchée de penser. Mais, pour quelque méchante raison, cette souffrance semblait rendre son cerveau plus actif, plus lucide, son imagination plus vivante.

Soudain, Mary sursauta brusquement, une émotion terrible l'a mise debout sur son lit, avec tant de violence que le lit a craqué et qu'elle a presque crié de douleur à cause du choc reçu à l'épaule blessée.

Qu'a-t-elle entendu?

Était-ce bien la sonnette du téléphone?

En tout cas, celui qui appelait persistait, il sem-

blait avoir l'intention d'appeler jusqu'à ce qu'on lui réponde.

La chambre de Mary était la plus rapprochée de la bibliothèque. Les domestiques étaient loin. Lilian et Patrick habitaient l'autre aile de la maison. Miss Grant était la seule à être éveillée, peut-être. Oserait-elle aller répondre et voir qui appelait? Ou plutôt oserait-elle ne pas y aller?

Elle se glissa hors de son lit. En tâtonnant, elle atteignit les allumettes et en frotta une pour allumer la bougie.

Mettant fiévreusement sa robe de chambre, sans s'occuper de la douleur que lui causa le passage du bras dans la manche, elle saisit le bougeoir, ouvrit la porte et sortit sur le palier pour écouter.

Elle regarda par dessus la rampe, dans le hall qui tenait presque tout le rez-de-chaussée. Comme tout était noir! Elle n'était pas descendue là, dans l'obscurité, depuis la nuit où l'oncle Buffer était mort.

Le timbre l'appelait justement dans la bibliothèque, la chambre où la mort avait eu lieu. A cette pensée elle eut un léger recul.

Elle n'avait plus envie de descendre. Ce fut la peur que la sonnette ne fasse par réveiller les autres qui la poussa à descendre.

Elle descendit lentement, marche par marche, regardant devant et derrière elle. Pourtant, son habitude était de descendre les escaliers en vitesse. Elle craignait d'avancer et n'osait reculer.

La porte de la bibliothèque était entrouverte, juste comme elle l'était durant la nuit terrible, juste de la même façon lorsque Mary avait descendu ce même escalier.

Miss Grant, brusquement, ouvrit la porte toute grande. La chambre était vide, elle savait qu'elle devait être vide. Cependant, levant le chandelier, elle regarda partout, et ce fut avec un grand soupir de délivrance qu'elle ne vit personne.

Traversant rapidement la pièce et posant le chandelier sur la table, elle décrocha le récepteur. C'est déjà quelque chose d'avoir arrêté cette maudite sonnette.

— Allô! fit la jeune fille.

Sa voix avait un timbre si étrange qu'elle ne la reconnut pas. Mais quand une voix qu'elle reconnaissait bien arriva en réponse à ses oreilles, Mary fut prise d'un tel accès de tremblement qu'elle se cramponna au rebord de la table, oubliant la blessure de son bras. La douleur fut telle qu'elle se mordit les lèvres et ferma les yeux pour laisser passer la souffrance.

— Est-ce bien Mademoiselle?

Elle reconnut le son de cette voix, quoiqu'elle lui parût sonner étrange que la sienne, car tout se fait la voix d'un être parlant d'au delà du tombeau.

Était-ce possible que l'homme ne fût pas mort et que l'affreux remords et la folle inquiétude qui déchiraient tout à l'heure l'âme de la jeune fille ne fussent qu'un cauchemar... Un poids énorme s'enlevait de sa poitrine, et un sentiment de délivrance infinie allégea son cœur qui battait à coups précipités, la faisant trembler toute.

Elle se remit enfin et domina son émotion immense pour parler et affermir sa voix tremblante.

— C'est... Paul miss Grant.

Alors vint une interjection lancée à pleine bouche, montrant bien que sa propre voix avait été reconnue également.

— Misérable fille! Assassin!

Puis un flot d'épithètes grossières suivit. En temps ordinaire, Mary aurait coupé la communication, mais en son état d'esprit, elle semblait ne pas entendre.

Enfin les injures cessèrent, soit que le stock commençait à s'épuiser, soit que l'interlocuteur pensât
que cela suffisait.

— Êtes-vous toujours là?

— Oui.

— Alors, écoutez-moi encore. Vous avez essayé
de me faire tuer par votre chien...

— Vous m'avez blessée, vous, au bras.

— J'aurais voulu vous toucher au cœur, et la
bête aussi. Si je n'avais pas eu une veine inouïe,
je serais en train de pourrir au fond du lac... Mais
n'insistez pas là-dessus. Me donnerez-vous les 100 livres?

— Oui.

— Quarante demain?

— Vous les aurez.

— Et le reste vendredi?

— Pour vous permettre de recommencer votre
vie aux États-Unis d'Amérique dès samedi prochain.
Parfaitement.

— Vous vous moquez de moi, je crois... Mais prenez garde! Est-ce sérieux, votre promesse?

— C'est sérieux.

— Je puis compter sur l'argent? Dès demain?

— Dès demain, c'est convenu.

— Bon! Vous auriez mieux fait de vous décider
plus tôt. Écoutez maintenant. Vous m'enverrez l'argent à l'adresse que je vais vous donner. Il y a des
papiers sur la table où vous êtes accoudée — comme
j'ai le bonheur de le savoir! Donc, écrivez: Lionel
Herbert, esquire — n'oubliez pas esquire — 20, Pearl
Street, S. W., Londres. Ça y est?

Tout en tenant le récepteur d'une main, elle avait
griffonné de l'autre. Après avoir insisté de nouveau,
il la salua d'une phrase qu'il croyait sans doute
profondément ironique.

— Au revoir, ma chérie!

Et la conversation cessa.

Laissant le récepteur sur la table, pour isoler
l'appareil, Mary se prépara à quitter la pièce.

Mais comme elle passait la porte, elle entendit
marcher dans le hall. Avant qu'elle pût l'éviter,
Patrick Howard était devant elle, sa casquette sur
la tête et sa canne à la main, comme s'il rentrait
juste à ce moment-là. Il aurait été difficile de savoir
quel était le plus surpris. Elle fut la première à
parler.

— Pas encore couché! Vous rentrez seulement?
Quelle heure est-il donc? Je vous croyais monté
depuis longtemps.

Elle sentit qu'il la regardait intensément.

— Vraiment! Il n'est pas encore très tard. Comme
vous, je suis retourné faire un tour dans le parc,
près du lac.

Une intention se glissait dans sa voix, qu'expliquait son regard bizarre.

— Aviez-vous pris Boris avec vous?

— Non, je l'ai attaché.

— Et vous êtes resté tout ce temps au bord du
lac?

— Presque. Et vous, que faites-vous dans la bibliothèque, en ce charmant déshabillé?

— Je suis venue chercher quelque chose.

Elle lui montra le bout de papier sur lequel elle
venait d'écrire l'adresse.

— Bien, je présume que c'est une chose importante qui ne pouvait attendre à demain matin... A
propos, Mary, j'ai trouvé deux choses étranges au
bord du lac, au côté du pavillon. C'est un revolver
dont on venait de tirer une seule cartouche et une
pipe en bruyère au tuyau encore chaud. Je n'ai vu
personne. En vain j'ai attendu la venue du propriétaire de ces objets; nul être humain n'a paru.

Il lui tendit le revolver et la pipe.

XIX

100 livres

Le lendemain matin, Mary trouva Lilian dans
le petit salon en train d'écrire des lettres.
Miss Grant avait déjeuné dans son lit d'une
tasse de thé et d'une rôtie. Son bras, moins
douloureux lui faisait encore mal cependant.

En entrant dans le petit salon, elle se demandait
ce que Patrick avait raconté à sa femme. S'il avait
parlé de la blessure, certainement elle y ferait allusion dès la première phrase. Lilian regarda Mary
comme à l'ordinaire et continua d'écrire.

— Eh bien, ma chère enfant, comment cela
va-t-il?

— Je vous remercie... Mais écoutez-moi, je voudrais vous parler du papier que... vous désiriez me
voir signer... hier soir... Avez-vous le temps maintenant?

Lilian se retourna avec vivacité.

— Mes lettres peuvent attendre. Voici le papier,
Mary. Mon mari a rédigé une demande avant de
partir.

— Patrick est sorti?

— De bonne heure. Il avait à faire. Et il sera ab-
sent toute la journée... Oh! ces hommes!

Mary examinait le papier que venait de lui passer sa cousine.

— Je ne comprends pas bien, mais je vois qu'il
est question d'une somme de 10.000 livres.

— Ma chérie, il faut que nous signions toutes les
deux ce papier. C'est à la fois une autorisation et
une assurance. Nous promettons, par là, d'indem-
niser les hommes de loi s'ils ont des ennuis pour
nous avoir avancé ces 10.000 livres de notre propre
argent. Je ne comprends pas plus que vous, mais
voilà ce que ça veut dire, selon la traduction de
Patrick.

— Quand aurez-vous cet argent?

— Si Patrick emporte ce document à Londres
demain mardi, peut-être condescendront-ils à nous
verser la somme la semaine prochaine.

— La semaine prochaine! Mais ne pourriez-vous
me prêter 40 livres aujourd'hui?

— Patrick et moi nous n'avons pas cinq livres en
tout. Je n'ai pas honte de vous avouer qu'il n'y a
pas 5 schellings dans mon porte-monnaie. Et si
nous ne touchons pas cet argent la semaine prochaine, nous serons dans une terrible situation. Il
faudra emprunter.

— J'ai absolument besoin de 40 livres aujour-
d'hui!

— Pourquoi faire? Vous m'aviez dit que vous ne
deviez pas plus de dix livres.

— Il m'en faut 40 aujourd'hui... et le reste des
500 livres pour vendredi.

— Mais, ma chérie, je ne comprends plus. Me...
vous parlez comme si vous n'aviez nul besoin d'argent.

— Lilian, êtes-vous bien sûre de ne pas pouvoir
me prêter 40 livres maintenant?

— Mary, pouvez-vous douter de moi? Je vous en

prie, s'il n'y a pas un secret trop important, dites-moi pourquoi vous désirez cette somme.

— N'insistez pas cela ne changerait rien.

— Vos manières sont si étranges que vous m'effrayer.

— Lilian, ne pouvez-vous me suggérer un moyen de trouver ces 500 livres pour vendredi ?

— Vous pourriez aller à Londres vous-même et les demander au banquier de votre oncle. Presque toute la fortune de John Bulfér est laissée à l'une de nous, on pourait difficilement, il me semble vous refuser cela.

— Non, je ne veux pas réclamer ainsi une part de cet argent dont j'ai juré de ne pas toucher un centime.

— C'est de la folie ! Vous ne trouverez pas d'autre argent que celui-là.

— Donnez-moi une plume, je vais signer ce papier.

— Pas tant de hâte, ma chère enfant ; Il nous faut un témoin. Les signatures doivent être légalisées.

— Sonnez. Un des domestiques fera l'affaire.

Regardant sa cousine avec des yeux étonnés, Lilian sonna, et Collins parut. Miss Grant qui s'était assises au secrétaire expliqua ce qu'elle désirait.

— Collins, vous allez certifiez ma signature !

Tandis qu'elle apposait son nom sur le papier, de sa claire et jolie petite écriture, Mme Howard parla à son tour.

— Et la mienne aussi, Collins.

Lorsque le papier fut signé par tous les trois et que l'homme fut sorti. Miss Grant se leva et dit :

— Vous n'avez plus besoin de moi ?

— Non, plus maintenant. Merci. Vous sortez ?

— Je vais essayer de trouver les 500 livres !

XX

LES VOILA !

E presbytère du pasteur de Woodscote se trouvait à plus d'un demi-mille. Il attenait au temple, et cette proximité — malgré ses quelques avantages — désolait le pasteur Peterson à cause du voisinage du cimetière qui s'étendait sous ses fenêtres.

C'est à ce presbytère que vint Mary Grant, cet après-midi d'été.

Au moment où miss Grant arrivait, le révérend Sholto allait franchir la porte. Il s'arrêta pour la saluer, annonçant une nouvelle avec cet air curieux d'austérité, consciente qui ennuyait et amusait à la fois la jeune fille.

— Miss Grant, dit-il je vais célébrer un service. Il sera très court. Ne viendrez-vous pas avec moi ? Excepté Laura — je veux dire miss Peterson — vous serez la seule personne de la paroisse. Ce sera tout à fait un service particulier.

Miss Grant déclina l'offre. Elle dit qu'elle venait pour voir le révérend. Il s'en alla par le sentier qui menait à la sacristie.

Mary entra dans le jardin du presbytère et fut saluée d'un vigoureux cri de bienvenue par Peterson.

— Etes-vous venue pour voir Laura ? demanda-t-il en lui serant les mains. Elle est dans l'église avec Sholto, l'aidant à fêter Sainte Brigitte...

— Je ne suis pas venue pour voir Laura. Je suis venue pour vous donner une réponse au sujet de votre demande d'hier après-midi...

L'étonnement du révérend se changea en anxiété.

— Ne vous pressez pas trop à ce sujet. Comme je vous l'ai dit, réfléchissez... Je ne veux vous forcer en aucune façon.

— Vous ne me forcez nullement. J'ai réfléchi et je me suis décidée. Désirez-vous connaîtrer ma décision ?

— Bien entendu je le désire... Seulement... seulement, vous ne savez pas à quel point elle a de l'importance pour moi.

— Mais avant de rien dire je vais vous demander un service.

— Il est accordé, si c'est chose qu'un homme comme moi peut faire.

— C'est, de la part d'une jeune fille une chose difficile à demander a un homme...

— Plus cela est bizarre, plus je serai heureux de l'accorder.

— Je désire que vous me prêtiez 500 livres.

Une expression complexe envahit la figure de Peterson.

— C'est tout ? demanda-t-il.

— C'est tout ce que j'ai à vous demander... mais j'ai autre chose à vous dire si vous me donner cet argent.

— Si je vous donne... Je vais vous donner un chèque sur le champ.

— Je crains qu'un chèque ne fasse pas l'affaire. Il me faudrait des billets de banque.

— Bien vous les aurez. Je vais envoyer mon domestique à la Banque. Il reviendra dans deux heures avec l'argent. Je vous prie de m'attendre quelques minutes, le temps de tirer le chèque.

Quand il revint, il trouva la jeune fille encore assise dans l'herbe. Sur son visage se lisait l'expression résignée qu'on peut voir à certains martyrs.

Elle lui dit :

— Vous ne me demandez pas de vous expliquer pourquoi j'ai besoin de cet argent ?

— Non seulement je ne désire pas le savoir, mais encore je ne le veux pas. Entre nous, cela me serait égal de vous voir déchirer les billets de banques et les enflammer un à un.

— Vous ne me ferez pas croire que vous puissiez désirer prendre pour femme une personne coupable d'un acte aussi stupide.

— Comment ?

— Je suis venue vous dire que si vous voulez de moi, je suis prête à vous épouser.

— Vous parlez sérieusement ?

— Oui...

— Ne vous moquez pas... Je ne peux pas vous remercier de la joie que vous m'apportez, les mots me manquent toujours quand j'en ai le plus grand besoin. Je ne suis pas du tout d'avis que la bouche sait exprimer ce que le cœur ressent. Plus je ressens, moins je sais exprimer... Je saurai vous remercier un jour. Mais vraiment, Mary, répondez franchement : croyez-vous que vous aimerez la vie de femme de pasteur ?

— Non, j'en suis sûre.

— Alors, j'étais dans le vrai, hier après-midi, en vous disant que, n'y tenant pas non plus, j'étais prêt à résigner mon bénéfice.

— Je préfère qu'il en soit ainsi, puisque vous le voulez bien. Mais votre sœur Laura désire beaucoup, elle, être la femme d'un pasteur.

— Je le sais, c'est son rêve de toujours. Aussi, voilà, je laisserai ma charge à Sholto, et elle l'épousera... Ce sera très bien ainsi.

— Ce sera très bien, en effet.

— Mais, j'irai jusqu'au bout. Les demi-mesures sont toujours mauvaises. Non seulement je résignerai mon bénéfice, mais encore, j'abandonnerai les ordres. Je ne passerai plus dans la vie en révérend. Maintenant, combien de temps allons-nous attendre ? Je veux dire par là : quel est le plus court espace de temps nécessaire pour vous décider définitivement ? Pouvez-vous fixer une date très rapprochée ?...

— Je préfère, moi aussi, ne pas attendre du tout.

— C'est de mieux en mieux ! Mais qu'entendez-vous par ne pas attendre du tout.

— Mon Dieu ! j'espère que vous ne serez pas choqué... Nous pourrions nous marier dans quinze jours.

— Dans quinze jours ! Etre mariés ! Mary ! Cela ne vous fait rien que je vous appelle Mary ?

— C'est en effet la coutume pour une jeune fille d'être appelée de son nom de baptême par l'homme qu'elle va épouser.

— L'homme qu'elle va épouser ! Et c'est moi !... Oh ! cela dépasse tout ! Cela ne vous ferait rien de m'appeler Pierre ?

— J'essaierai... Pierre...

— Je ne m'étais jamais douté que ce nom puisse être aussi doux !

— Vous avez bien compris que je n'ai pas d'argent... et que je n'en aurai jamais... même pas assez pour m'acheter un trousseau.

— Si vous aviez dit cela tout à l'heure, nous aurions changé ces cinq cents livres en mille.

— Prévenez Laura, naturellement. Mais je n'ai pas l'intention de l'annoncer à M. et à Mme Howard avant le dernier moment.

— Ne leur dites qu'après si vous voulez. Ce que vous ferez ou ne ferez pas m'indiffère pourvu que vous deveniez ma femme ! Ma femme !... La tête me tourne quand j'y pense. Si vous saviez seulement les rêves que j'ai eus !... Mariage dans quinze jours! Et que décidez-vous pour la lune de miel? Nous devrions faire quelque chose de bien, de très bien... Voyons, dites-moi ce que vous projetez pour la lune de miel ?...

— Mon idée sur la lune de miel ?

En répétant ces mots, miss Grant regarda vaguement devant elle, au loin. Un brouillard ombra ses yeux. Il y eut un moment de silence...

Quand miss Grant quitta le presbytère, elle emportait 500 livres en billets de banque dans son corsage. Rencontrant miss Peterson à la porte du cimetière, elle lui annonça immédiatement la nouvelle.

— Je viens de promettre ma main à votre frère.

— C'est sérieux ? Vous avez une façon d'annoncer les nouvelles...

— Et je lui ai demandé que le mariage soit célébré dans quinze jours.

Mais réfléchissez qu'avant un mariage il y a dix mille choses à faire et qu'il est impossible d'organiser en si peu de temps.

— Pierre est bien décidé pour une chose : il donnera son bénéfice à Sholto.

— Vraiment ? Mais je vais lui parler tout de suite ! Il me donnera le bénéfice à moi, et c'est moi qui l'offrirai à Sholto. Ma chère Mary, je vois plus clair que jamais : Il me faut tenir la tête dans notre association. Sholto a célébré un service en l'honneur de Sainte Brigitte, avec moi comme seul fidèle. Au bout d'une demi-heure, j'ai quitté l'église. Je

suis curieuse de savoir combien de temps il va continuer pour lui seul.

Quand Mary rentra à Mansionhousse, Collins s'avança vers elle dans le hall avec une telle promptitude qu'on devinait qu'il l'avait attendue.

— Puis-je vous parler en particulier une minute, miss ?

— Cetainement. Qu'avez-vous à me dire ? Vous ne pouvez parler ici ?

— Je préfère dans le salon si vous n'y voyez pas d'inconvénient.

Il tenait la porte du salon ouverte d'un air engageant. Elle passa et il la suivit. Aussitôt entré, il tira quelque chose de l'intérieur de son veston.

— J'ai trouvé cette enveloppe, miss.

Il la lui tendit. C'était l'enveloppe trouvée dans le chêne... l'enveloppe glissée dans le vase de cuivre, celle qui avait disparu. Elle regarda le domestique droit dans les yeux : il soutint son regard sans montrer le moindre signe de confusion.

— Vous l'avez trouvée? Où s'il vous plaît?

— Dans le jardin, miss.

— Et dans quelle partie du jardin ?

— Sous l'allée qui est près de la fenêtre de la bibliothèque.

Elle lui prit l'enveloppe des mains.

— C'est vide.

— Vide comme je l'ai trouvée.

— Vous êtes tout à fait sûr que l'enveloppe était vide quand vous l'avez trouvée ?

— Tout à fait sûr. J'ai vu écrit au recto : « Mon testament » de l'écriture de mon maître. Aussi, j'ai pensé que, même vide, vous verriez ceci avec intérêt.

Le maître d'hôtel s'apprêta à quitter la pièce.

— Restez. Quelle heure était-il quand vous avez ramassé ce papier?

Il fixa l'heure, et Mary constata qu'alors elle causait avec miss Peterson. Elle le regarda plus fixement encore.

— Si c'est vrai, pourquoi ne me l'avez-vous pas donné avant?

— J'ai pensé que vous préféreriez l'avoir en particulier, et c'est la première occasion que j'ai de vous parler, miss.

— Y avait-il quelqu'un dans la bibliothèque quand vous l'avez trouvé?

Pour la première fois, il hésita un peu.

— Peut-être.

— Comment, peut-être ? Mme Howard était là ?

De nouveau une courte hésitation.

— Elle pouvait y être.

Les yeux de miss Grant se baissèrent.

Elle se tourna et son ton devint plus doux.

— Vous n'avez pas vu quelqu'un jeter l'enveloppe par la fenêtre ?

— Non, miss.

Puis il ajouta comme malgré lui :

— Mme Howard m'a vu à travers les vitres juste avant que je ramasse l'enveloppe.

— Merci. Cela suffit.

Un moment après, miss Grant, dans sa chambre à coucher, réfléchissait, la tête dans ses mains, comme pour en comprimer les torturantes pensées. Mme Howard entra.

— Mary, commença-t-elle, j'ai trouvé un moyen d'avoir les cinq-cents livres dont vous avez besoin...

— Je vous remercie, Lilian. J'ai les cinq-cents livres. On me les a prêtées.

— Et qui diable! connaissez-vous dans ce coin perdu du monde qui puisse vous prêter une telle somme?

— Pour le moment, c'est un secret. Hier je vous

ai demandé si vous aviez vu une enveloppe dans la bibliothèque?

— J'ai le vague souvenir, en effet...

— Quand vous étiez dans la bibliothèque, avez-vous remarqué que Collins était de l'autre côté de la fenêtre?

— Pourquoi aurais-je remarqué une chose aussi insignifiante?

— C'est que vous étiez dans la bibliothèque quand il passait en bas de la fenêtre, et juste devant cette fenêtre se trouvait l'enveloppe en question. La voilà. Collins le ramassa vide. Voyez les mots écrits de la main de mon oncle : *Mon testament*...

Mme Howard s'éloigna avec effroi de l'enveloppe.

XXI

Un chèque...

MADAME, on m'a payé!

Jim Roberts annonça cela de toute la force de ses poumons en pénétrant dans le petit salon, refuge sacré de Mme Morris, la propriétaire. Roberts logeait à Wandsworth. Sa propriétaire était infirme et passait une grande partie de son temps à faire ce qu'elle appelait « des ouvrages pour dames ». A cet instant, elle travaillait à un somptueux gilet destiné à orner la poitrine de quelque inconnu masculin. Sa fille, Suzanne, mettait la bouilloire à thé sur un petit réchaud à gaz dont les tuyaux étaient un peu trop apparents. Les deux dames regardaient leur locataire d'un œil qui semblait douter de sa santé intellectuelle.

— Monsieur, demanda Mme Morris, qu'avez-vous donc fait?

— Ma chère Madame, je n'ai rien fait du tout. Ne vous ai-je pas dit que j'avais touché?

— De quoi parlez-vous?

— Comment, mais du chèque, madame Morris! Du chèque!... un chèque de 100.000 livres à M. Jim Roberts a été reconnu bon...

— Monsieur Roberts, êtes-vous fou?

— Non, madame. Vous connaissez la machine que j'ai inventée.

— J'en ai entendu parler.

— Vous en entendrez parler plus encore, et le monde aussi, considérant que je viens de recevoir 100.000 livres d'acompte à ce sujet!

Les deux dames le regardaient avec une stupéfaction comique.

— Monsieur, s'exclame Mme Morris, vous voulez nous faire croire que vous avez vendu votre invention pour cette somme énorme?

— Non, madame.

— Je pensais bien!

— Je ne l'ai pas vendue... je n'ai rien vendu... rien. Mais pour ce qu'on appelle une « option » pour l'exercice de certains droits, j'ai reçu 100.000 livres, et l'appareil m'appartient toujours, autant qu'avant. Il y a moins de deux heures de cela, monsieur Silas P. Shaddock, de Pittsburg, me signe, dans son bureau un chèque de 100.000 livres. Je suis allé à la banque avec le chèque dans la poche de mon gilet. Quand j'arrivai à la caisse, je le mis sur le comptoir. Un caissier le prit et je crus que j'allais tomber à genoux. J'attendais qu'il me fît mettre à la porte ou qu'au moins il déchira le chèque en deux, en remarquant que c'était là tout ce qu'il valait. Mais il ne fit rien du tout de cela. Il me dit : « Comment voulez-vous toucher votre chèque, monsieur? » Je fis de mon mieux pour ne pas lui montrer que j'étais cramponné au comptoir afin de ne pas tomber. Je lui expliquai que je ne voulais pas le toucher du tout, que je désirais le déposer à la banque, et que s'il voulait me donner 100 livres, je serais content.

Jim tira une poignée de billets de la poche de son pantalon; et à Suzanne:

— Il y a une chose que je désirerais : c'est aider votre fiancé à avancer un peu votre mariage.

Roberts regarda la jeune fille. Elle était fiancée à Bob Ellis depuis plusieurs années. Elle ne rajeunissait pas, et elle s'était aperçue dernièrement que sa fraîcheur s'en allait et que sa joliesse se fanait peu à peu. On sentait qu'elle ne voulait pas laisser sa mère à la merci de son père, et comme la santé de ce gentleman était florissante, l'avenir pour elle n'était pas bien gai. Tout à coup, Jim donna à l'entretien un tour plus personnel.

— Savez-vous, Suzanne, que je suis fiancé également?

— Vous, monsieur?... Vous ne m'en aviez jamais parlé.

— C'est vrai. Je vous ai seulement parlé de ma machine et jamais de la jeune fille.

— Qui est-c?

— Il y a quelque temps de cela je pensais qu'elle était vraiment une personne réelle, mais maintenant je crains que ce ne soit qu'un mirage.

La voix de miss Morris devint plus sympathique.

— Vous êtes fâchés?

— Il faut être deux pour se fâcher.

— Souvent un seul suffit. Mais cela ne va-t-il pas changer maintenant que vous voilà riche?

— Je crains que non. Ma jeune fille ne fait pas plus de cas de l'argent que moi d'épingles à chapeaux à têtes de cuivre... Suzanne, j'ai l'intention de faire une petite fête, ce soir.

— Vous avez raison.

— Je vais m'offrir un dîner confortable, et puis j'irai au théâtre. Est-il inutile de vous demander de m'accompagner?

— Tout à fait inutile.

— Vous êtes une âme vraiment délicieuse. Vous êtes la seule femme que je connaisse en ce vaste monde en dehors de la jeune fille en question, et ce soir, ce grand soir de ma vie, vous refusez de m'accompagner!

— Vous connaîtrez bientôt des masses d'autres femmes, à présent que vous êtes riche.

— C'est vrai... J'oubliais que ça les attire.

En disant cela, il montrait une poignée de billets de banque.

— Vous n'allez pas emporter tout cet argent?

— Pas tout. Je prendrai 10 livres.

— 10 livres pour vous amuser un seul soir?

— Pourquoi pas? Il n'est pas nécessaire de les dépenser parce qu'on les a dans sa poche.

— Si on les a, on les dépense.

— C'est un défi. Bien. Je vais vous prouver le contraire en emportant dix livres et en n'en dépensant qu'une ce soir pour mes plaisirs. Demain matin, je vous raconterai les événements de la nuit sans en oublier un seul, et en même temps, je vous communiquerai le montant exact de mes dépenses.

XXII

RENCONTRES

Roberts devait s'apercevoir avant la fin de la nuit que cette promesse était faite bien à la légère. Il avait dit à Suzanne qu'il lui raconterait tous les événements de sa soirée. Or, il ne raconte jamais à personne ce qui se passe ce soir-là.

D'un autre côté, lorsque le garçon lui remit la monnaie à la fin de son dîner, il vit que ses amusements de la nuit étaient terminés s'il voulait s'en tenir à la somme prescrite. Dans sa perplexité, il se frotta le menton.

Il alla dans un music-hall car il lui semblait que le genre joyeux convenait particulièrement à son état d'esprit de ce jour-là. Mais quand il arriva toutes les places étaient prises. Il dut se tenir debout dans le promenoir, à l'une des extrémités près de la scène. Il y était bien, d'ailleurs. Un instant après son arrivée, une femme entra en scène. Elle portait une jupe courte de couleur écarlate, avec des bas, des souliers et un chapeau écarlates. Sa chevelure, d'une teinte à peine moins voyante que son costume, s'épandait en boucles fauves sur ses épaules. Roberts, regardant son programme, vit que ce numéro annonçait miss Sallie Willet.

Elle entrait du côté de la scène opposé au sien. En s'avançant, elle jeta un regard circulaire sur la salle en commençant par lui, et il sentit qu'elle l'avait remarqué dans la foule : ses yeux s'étaient fixés sur lui l'espace d'une seconde avant de continuer leur inspection plus loin. Il pouvait s'être trompé, mais cependant, il lui semblait bien qu'il y avait non seulement reconnaissance, mais encore surprise dans le regard de la jeune femme. Elle salua, sourit et commença à chanter.

Tandis que les spectateurs attendaient la seconde chanson, Jim perçut un murmure incroyablement distinct derrière lui.

— Très jolie, Sallie, n'est-ce pas, monsieur Roberts?

Se retournant pour voir le propriétaire de cette voix singulière, qui connaissait si bien son nom, il se trouva face à face avec un homme de petite taille, à face imberbe et à regard désagréable.

— Je vois que vous connaissez mon nom, monsieur, dit-il. Mais je n'ai pas l'avantage de savoir qui vous êtes.

— Qu'importe, monsieur, du moins pour le moment. Je prendrai peut-être la liberté de me présenter un de ces jours. Sallie vous a remarqué, elle aussi, monsieur. Cela montre à quel point vous êtes remarquable dans une foule. Elle vous a repéré en entrant. Et quels yeux!... La voici... Payons une boisson, monsieur. Je... que son premier soin va être de vous regarder.

Si Jim avait tenu le pari, il aurait perdu. La chanteuse entra cette fois plus lentement que la première; non seulement elle regarda le jeune homme, mais elle persista à le fixer jusqu'à ce qu'elle fut arrivée au centre de la scène. Son regard se rivait si visiblement à lui que des gens se retournaient pour voir à qui il était adressé.

Roberts était gêné. Quelle idée avait cette artiste de le favoriser aussi ouvertement de son attention! Il restait persuadé de n'avoir jamais vu cette chanteuse ni entendu prononcer son nom; d'où venait qu'elle le connaissait elle?... Et cet homme au regard fuyant, qui non seulement le connaissait aussi, mais trouvait tout naturel que la chanteuse aux cheveux rouges lui fit des signes?... Que signifiait tout cela?

Il allait interroger l'étranger, mais celui-ci avait disparu. Sa place était prise par un des contrôleurs aux costumes somptueux qui lui parla d'un ton de déférence confidentielle.

— Je vous demande pardon, monsieur. Mais votre nom est bien M. Jim Roberts?

— Oui. Pourquoi me le demandez-vous?

— C'est que ce mot est pour vous, monsieur.

L'employé lui tendit une enveloppe.

— Puisqu'il m'est adressé, il y a des chances qu'il soit pour moi. Mais je ne connais pas l'écriture. De qui est-ce?

— Je l'ignore, monsieur. Ce mot m'a été envoyé des coulisses pour que je vous le donne tout de suite.

L'employé disparut. Jim vit sur l'un des coins de l'enveloppe le mot : «Pressé». Il l'ouvrit, pensant qu'il allait avoir assez d'amusement pour son argent. Sentiment qui fut renforcé par la lecture de la note suivante :

«Cher monsieur, je vous en prie, faites le tour et venez me chercher à la porte des coulisses dès que vous aurez reçu ce mot. J'ai à vous dire une chose très importante. Il ne s'agit ni d'un rendez-vous, ni d'une intrigue. Quelqu'un que vous connaissez bien est dans une situation horrible, et je veux vous parler de lui. Au nom de Dieu, venez.

»Bien à vous,

»Sallie Willett.»

Comme Roberts lisait cette dernière phrase qui lui parut bien romantique, on lui parla de nouveau dans ce chuchotement bizarre et pénétrant de tout à l'heure.

— Hé! hé! monsieur, mes compliments... Sallie vous a envoyé un message d'amour. Il y a des gens qui, vraiment, ont de la veine!

Se retournant vivement, Jim vit de nouveau derrière lui, l'inconnu au faux regard.

— Cessez de me parler ainsi, monsieur. Qui êtes-vous? Et pourquoi vous occupez-vous de mes affaires?

Roberts avait élevé la voix pour poser ces questions. Des spectateurs se tournèrent vers celui qui interrompait la représentation en parlant de telle sorte. Quelqu'un cria : «Silence!»

L'inconnu, alarmé par le ton et les manières de l'autre, montra un vif désir de se retirer loin de lui. Roberts le regarda jusqu'à ce qu'il eut disparu dans la foule des spectateurs du promenoir, puis il se remit à lire sa lettre. Et soixante secondes après la disparition définitive de miss Willett, il quitta la salle.

Ayant trouvé la porte des coulisses avec quelques

difficultés, il fut informé par le concierge que la dame était en train de changer de costume, et prié de vouloir bien l'attendre un peu.

Cinq minutes après, une silhouette féminine se dessina à la porte, et Roberts reconnut la brillante apparition de tout à l'heure à la couleur de sa chevelure. Elle était maintenant en un simple et modeste costume de ville. En le voyant, elle lui tendit les deux mains.

— Ainsi vous êtes venu! Merci! Si vous saviez à quel point j'ai craint de ne pas vous voir.

Il tenait ses mains dans les siennes et la regardait avec un sourire embarrassé.

— C'est très aimable à vous d'être si anxieuse de me voir... mais je crains...

Elle l'interrompit un peu rudement.

— Oh! je comprends. Attendez, je vais vous expliquer...

Elle le précéda pour passer dans la rue, tout en disant :

— C'était mon dernier tour. Maintenant, je suis libre, et ça vaut mieux, car je n'aurais plus pu chanter ce soir. J'ai été plutôt mauvaise, hein ?

— Pas du tout, vous avez été exquise; seulement...

— Oui, je comprends... Je vous ai gêné par la façon dont je vous ai regardé. Mais j'ai été si abrutie en vous voyant que cela m'a enlevé mes moyens. J'ai été glaciale, ce soir. La preuve : on ne m'a pas rappelée; d'habitude on me fait un triomphe.

— Je ne vois pas...

— Vous comprendrez tout à l'heure. Allons prendre quelque chose, j'ai une soif terrible. Il y a un endroit tranquille un peu plus haut dans la rue. Venez avec moi...

L'impétueuse personne traversa la rue hâtivement. Il la suivit dans un petit restaurant italien, à cette heure presque désert. Elle s'assit à une table de marbre dans un coin retiré où ils étaient, pour ainsi dire seuls.

— Café noir pour moi! commanda-t-elle, avec une goutte de brandy. Garçon, le café le plus fort possible.

Jim commanda la même consommation. Quand ce fut servi, elle se mit à causer, s'appuyant des coudes sur la table et se rapprochant de lui pour que son murmure fut perceptible.

— Vous avez trouvé hardi de ma part de vous dévisager ainsi et de vous envoyer un mot, n'est-ce pas? Et encore maintenant vous vous demandez où je veux en venir. Vous ne m'aviez jamais vue avant ce soir?

— Je ne vous aurais point oubliée si je vous avais vue.

— Eh bien, moi, je vous ai vu plus d'une fois; sans cela je ne vous aurais pas reconnu, naturellement. La dernière fois ce fut à Brougton, près de Mansionhouse, lorsque vous avez témoigné dans l'enquête faite sur la mort du vieux Bulfer.

Il tressaillit. Il lui était difficile d'associer l'image de cette jeune femme avec un événement de cette nature.

— Une autre fois, reprit Sallie, je vous ai vu dans le bois où vous aviez eu, je crois, une conversation avec miss Grant.

Sa surprise grandissait. Il la regarda encore, essayant de retrouver ses traits dans ma mémoire.

— Miss Willett, vous avez certainement un avantage sur moi. Je ne me souviens pas de vous avoir vue en aucune occasion.

— Ça ne m'étonne nullement. Vous pensiez à autre chose. Je vous ai vu, encore, avant, parler à mon gosse. Je ne veux pas dire : mon fils... Je veux dire Water Poleman.

— Walter?

— Chut! Pas si haut! Il est inutile de crier ainsi, surtout dans un endroit public où les murs peuvent avoir des oreilles.

Très étonné, Jim gardait le silence. La chanteuse reprit :

— Vous êtes des amis de Poleman, n'est-ce pas?

— De ses relations, tout au moins. Il a toujours été riche et moi pauvre...

— Je sais. Il m'a raconté cela. D'ailleurs, il me raconte tout, le pauvre chéri. Je peux vous dire ceci : il vous gobe particulièrement.

— C'est aimable de sa part.

— S'il y a à Londres un homme plus malheureux que lui, je le plains. Vous savez qu'on le recherche toujours?

— Pour ?...

— Oui, inutile de le répéter. La police a tout mis sens dessous-dessous pour le retrouver. Ah! ils m'en ont fait passer des heures agréables!

— A vous?

— Oui, à moi. Il est caché chez moi.

D'étonnement, Roberts renversa sa tasse et sa soucoupe sur le sol. Le garçon s'empressa d'en ramasser les morceaux. Miss Willett attendit qu'on lui eût rapporté une autre tasse de café pour parler de nouveau.

— Je vous en prie, n'attirez pas l'attention sur nous comme cela. On ne sait jamais qui peut être autour de nous. Si vous ne pouvez vous maîtriser je serai obligée de ne rien vous dire, et Dieu sait! pourtant, si j'en ai envie!

— Je vous demande pardon... Mais j'ai été si surpris!

— Eh bien, qu'y a-t-il d'extraordinaire là-dedans. J'aimais Walter; je l'ai sauvé, rien de plus naturel. Je le cache depuis la fameuse nuit... Je préférerais que non, allez! J'ai essayé de l'envoyer en Amérique, en Australie, n'importe où, durant quelque temps... mais il ne veut pas bouger. Maintenant qu'il n'a plus d'argent à lui, je pensais qu'il accepterait le mien. — Dieu sait s'il m'en a donné jadis! — mais non il n'accepte pas un shelling. Je voudrais que vous veniez lui parler.

— Avec plaisir!

D'un geste spontané, elle lui tendit les deux mains.

— Je savais bien que vous étiez un ami... Et c'est d'un ami qu'il a besoin, d'un gentleman comme lui. Il vous écoutera mieux que moi... J'ai beau lui dire, l'alcool lui jouera un mauvais tour. Vous savez comme il était joyeux autrefois. Maintenant, il est affolé par la peur.

— La peur de quoi?

— Vous savez bien...

— Mais il est innocent...

— Vous en êtes sûr?

— Et vous?

— J'aimerais à l'être. Enfin, venez, parlez-lui et dites-moi ce que vous pensez.

— Mais je sais qu'il est innocent.

— Vrai? Vous le croyez?... Si j'étais sûr qu'il est innocent, je lui conseillerais de se livrer demain à la police.

— C'est ce qu'il aurait dû faire depuis longtemps.

— Mais supposons qu'il soit coupable? Si la police le trouve, qu'arrivera-t-il?

Jim vit dans les yeux de la jeune femme quelque chose qui le fit frissonner. Il murmura :

— Ne parlez pas de choses impossibles!... Allons auprès de Poleman. Et que Dieu nous aide tous!

— Venez. Je vais vous conduire. Seulement, faisons attention de ne pas être suivis. Je suis arrivée à ce point de voir des espions partout.

XXIII

LE PASSANT MYSTÉRIEUX

Miss Willett emmena Roberts dans une partie de la ville qu'il ne connaissait pas, tout droit à travers Londres en empruntant différents moyens de locomotion, et en en changeant plusieurs fois, sautant d'un cab dans un tram, d'un tram dans un autobus, d'un autobus dans le tube (métropolitain) et enfin à pied avec des zigzags nombreux.

Si elle avait voulu faire perdre à son compagnon tout sens de la direction, elle n'aurait pas mieux agi. Ils n'auraient pu être suivis que par un espion-invisible, car pas même une ombre n'avait été aperçue derrière eux. Roberts eut l'impression vague qu'elle l'emmenait du côté de Blac hearth.

Miss Willett s'arrêta enfin devant une porte percée dans un mur de briques, au milieu de ce qui lui semblait plutôt une allée qu'une rue de Londres. Elle inspecta les alentours pour s'assurer que personne n'était en vue. L'endroit semblait aussi désert que la campagne la plus reculée.

— Vite, dit-elle à voix basse, en ouvrant la porte avec une clef cachée dans sa main, entrez.

Il franchit le seuil, et elle le suivit en refermant la porte derrière elle sans bruit.

— Ouf ! Je ne crois pas qu'on nous ai vus, cette fois.

A ces mots murmurés plutôt, il eut envie de rire.

— Ma chère miss, je suis sûr que personne ne nous a vus. Je ne sais où vous m'avez amené, mais cela doit se trouver à cent mille de tout endroit habité. Il ne doit pas y avoir un être humain dans ces parages, dans un rayon d'un mille.

— Vous vous trompez, il y en a des quantités. Ils nous entourent. Marchez doucement. Peut-être Poleman s'est-il couché ?

— Il est seul dans la maison ?

— Oui. Mais ne parlez pas. C'est à lui que vous poserez des questions.

Ils se dirigeaient vers la maison qui se dressait au fond d'un petit jardin. Ils entrèrent. Soudain, une voix masculine éclata dans le silence :

— Qui est là ?... Qui diable est là ?

Une porte s'ouvrit, et la lueur d'une lampe éclaira le corridor. C'était la seule lumière de la maison, et encore du dehors tout semblait obscur. Miss Willett répondit d'une voix joyeuse, un peu forcée :

— C'est seulement moi... et un ami.

Elle se mit à causer (p. 32).

— Un ami ?... Quel ami ?... Je n'ai pas d'amis.

La jeune femme poussa du coude Jim Roberts. Celui-ci s'avança :

— Allô, Walter ! Miss Willett a été assez aimable pour me fournir l'occasion de vous voir. Je ne puis vous dire à quel point j'en suis heureux.

— Heureux de me revoir !... Qui diable ?...

En disant ces mots, Poleman pénétra dans la pièce éclairée ; Roberts le suivit, et, le reconnaissant enfin, l'ami de la chanteuse l'accueillit par un cri de bienvenue :

— C'est vous Jim ! Cher vieux copain ! Eh bien, je suis aussi content de vous revoir que si vous étiez John Bulfer sorti de la tombe. Et comment va la machine ? Elle creuse des trous dans votre poche, hein ? Elle fera votre fortune quand vous serez dans le corbillard des pauvres !

Roberts se mit à rire, quoiqu'il n'en eût point envie, en considérant l'homme qui était en face de lui. Le Walter connu autrefois était l'un des jeunes gens les plus élégants et les mieux habillés de Londres, qui aurait jugé sa réputation perdue si la plus minime partie de sa toilette n'eût été composée chez le meilleur faiseur. Et maintenant, c'était un vagabond dégueníllé, qui semblait n'avoir pas touché une brosse à cheveux depuis une semaine, ni un rasoir depuis six mois. Il portait ce qui jadis avait été un pyjama, dont la veste déboutonnée laissait apercevoir une chemise de flanelle ouverte sur le cou.

Jim essaya de cacher l'impression que lui causait la déchéance du dandy d'autrefois. Il dit une phrase banale, sentant que la banalité était la meilleure tactique dans le cas présent.

— Eh bien, comment cela va-t-il ?

— Comment cela va ?... Que je sois damné si cela ne se voit pas !... Vous n'avez donc pas d'yeux ? Si Sallie n'avait pas été là, il y a longtemps qu'on m'aurait mis dans la chaux vive. A ce propos, use-t-on encore de chaux vives pour les condamnés ?

— Mon vieux, vous savez, vous avez toujours été un peu stupide.

— Merci du compliment, vous l'homme aux inventions affolantes. Voulez-vous prendre quelque chose ?

— Non, merci. Je n'ai besoin de rien... Et vous non plus.

Se penchant sur la table, Roberts enleva une bouteille que l'autre allait saisir.

— Vous êtes un peu fou, mon cher. Quelle idée de vous déguiser de cette façon, comme un clown, et de vous cacher comme un rat dans un trou !

— Monsieur, j'ai tué John Bulfer... Et si je ne faisais pas attention...

— Vous n'avez pas tué John Bulfer !

— Je vous prie, comment le savez-vous ?

— Parce que ce soir-là, j'étais à jeun... Et que vous ne l'étiez pas.

— C'est vrai, j'étais ivre... C'est sans doute pour cela que j'ai tué. Mais cela ne change pas le fait que j'ai méduse ce pauvre cher vieux gentleman. C'est peut-être un des cas où tuer n'est pas assassiner... mais c'est toujours tuer.

— Comment auriez-vous pu le tuer ?

— Quelle drôle de question ! Êtes-vous un juge de dernière instance ? Suis-je devant le tribunal suprême où tous les hommes doivent dire leurs secrets les plus cachés ?

— Vous affirmez une chose, j'en affirme une autre. Je peux prouver la mienne. Pouvez-vous en faire autant ?

— Je le peux.

— Faites alors.

— Votre ton est bien péremptoire, mais pour vous obliger, Monsieur, j'irai jusque là. Vous vous rappelez cette nuit ?

— Parfaitement. Je me souviens de tout.

Comment nous montâmes dans nos chambres avec notre butin... les papiers qui nous appartenaient et que le vieux Bulfer détenait pour nous garder à sa merci...

— Et que nous venions de reprendre dans la cachette où il les serrait... Oui, vous êtes allé dans votre chambre dont j'ai fermé la porte sur votre demande.

— J'en sortais de nouveau un instant après. Je voulais boire.

— Vous aviez déjà trop bu.

— Voilà justement l'ennui. Quand j'en ai trop, je n'en ai jamais assez. Je me rappelais qu'il y avait des liqueurs dans le billard. J'y vins. Je vidai les deux carafes de whisky et de brandy. Je pensais que ce serait une bonne blague de les mélanger. Je le fis. De cela, j'ai un souvenir précis. Ensuite, j'avoue qu'il y a nuage...

Jim se rappela ce que Collins, le maître d'hôtel, avait dit au sujet des deux carafes trouvées vides le matin. C'était donc là l'explication. Poleman continua, sauvagement, comme poussé par un mauvais démon :

— Supposant que j'ai bu cette bouteille de whisky et celle de brandy mélangées, pendant au moins cinq minutes, il n'est pas étonnant qu'il soit resté un trou dans ma mémoire. Ma propre impression est qu'après cette beuverie j'étais complètement fou. fou... Et c'est durant cette demi-heure que les événements se passèrent... La première chose dont je me souvienne ensuite, c'est de m'être retrouvé dans les bois avec les bras chargés de papiers, pas de chapeau et me demandant comment diable j'étais arrivé là. Ce qui me fit revenir dans mon état normal, je l'ignore. Cela dura peu. Dieu seul sait de quelle façon je suis parti et arrivé auprès de la Sallie. Le proverbe disant qu'il veille sur les enfants et les hommes ivres a été démontré cette nuit-là. Au matin, je compris tout, je compris que c'était moi qui avais tué Bulfer ?

— Comment pouvez-vous croire cela ?

— Le matin, j'eus une sorte de vision obscure où je me revis accroupi sur le parquet de la bibliothèque ramassant des papiers puis l'arrivée du vieux se précipitant sur moi, mon sursaut et le cri que je poussai — car je suis sûr d'avoir crié. Je le frappai avec un objet ramassé sur le sol, entassai les papiers à la hâte sur mes bras, et, sautant par une fenêtre, je m'enfuis dans la nuit. La première fois que je revis cette scène, elle était un peu floue, mais, en se répétant, elle est devenue de plus en plus claire, si bien que maintenant je pourrais reconstruire le crime dans tous ses détails pour la satisfaction d'un juge de paix français.

— Pardonnez-moi ma franchise, mais je suis convaincu que vous êtes simplement la victime d'une imagination d'homme ivre.

— Je souhaite que vous ayez raison. Je voudrais pouvoir le croire, car alors je ne sentirais pas si souvent, durant la nuit, les doigts du vieux Bulfer me passer une corde au cou.

— Mais alors vous êtes fou ! Si vous n'y faites pas attention, vous allez être persuadé que vous avez tué dix John Bulfer.

— En tout cas, un John Bulfer a été tué, et si ce n'est pas moi qui l'ai fait, qui est-ce ?

— Je pourrais donc dire la même chose.

— Vous n'avez pas été déclaré coupable du meurtre, vous. Moi, je l'ai été !

— Par un jury d'enquête ! Mais qui attache de l'importance à un tel jury ?

— Merci, vous êtes franc, au moins !

— Je souhaite que la vérité vous fasse du bien. Vous avez vécu jusqu'ici dans une atmosphère de mensonge créée par l'alcool.

— Très bien, monsieur Jim. C'est une belle phrase. Mais que dois-je faire ?

— Trouver le véritable auteur du crime.

— J'espère que vous le trouverez... Vous m'enlèverez ainsi un poids énorme si vous prouvez que j'ai été la victime de rêves causés par l'ivresse. Je pourrai alors redevenir heureux.

— Alors, ne buvez plus.

Walter haussa les épaules.

Jim reprit.

— Supposons que je démontre votre innocence ; que ferez-vous ?

— J'épouserai Sallie, si elle veut de moi.

Quand elle reconduisit Jim Roberts vers la porte du jardin, elle lui posa une question anxieuse :

— Eh bien, croyez-vous qu'il soit coupable ?

— Je suis sûr que non.

— Comment pouvez-vous le savoir ?

Au lieu de répondre à la question, il dit avec un soupir :

— Oui, je sais qu'il est innocent... Mais je sais aussi qu'il est un homme heureux !

— Heureux ! Vous dites qu'il est heureux ! s'écria-t-elle, très surprise. Heureux, un homme recherché, traqué par la police ?...

— Je n'appelle pas malheureux un homme pour qui une femme se jetterait dans le feu et le suivrait dans la mort...

— Quand une femme aime un homme, elle ne se préoccupe pas de ce qu'elle fait pour lui.

— Eh bien, je le répète, est seul heureux un homme aimé à ce point.

Roberts ne semblait pas être pressé de rejoindre la partie du monde où il habitait. Il marchait depuis un instant à peine, après avoir quitté la chanteuse, qu'il se trouva dans un désert de maisons. Il parcourut les rues au hasard, sans savoir où il était et sans demander sa route, trop absorbé qu'il était par ses pensées. Sa partie de plaisir prenait une tournure singulière. Enfin, il regarda autour de lui pour découvrir un indice familier... Mais aucun. Il suivait alors une belle bordée de petites maisons, une longue rue mal éclairée. Les habitants devaient être couchés, car on ne voyait aucune lumière. Il regarda sa montre : elle marquait deux heures.

— Charmant ! Suzanne doit se demander où je suis... Elle est persuadée que je fais une noce infernale... Comme quoi les apparences sont parfois contre nous !... Où diable vais-je trouver ma route ?

Pas une âme en vue ! Jim marche jusqu'au bout de la longue rue, tourna à gauche, puis à droite, sans rencontrer un seul être vivant. Puis tout à coup, il se trouva dans une grande artère où persistait un reste de vie et d'animation.

Soudain, un homme apparut derrière Roberts, un homme sortant de la rue qu'il venait de quitter. Il était de petite taille et semblait flâner çà et là. Jim lui adressa la parole lorsqu'il passa.

— Pourriez-vous me dire où je trouverais un cab ?

L'homme s'arrêta pour répondre :

— Je ne crois pas que vous en rencontriez un par ici.

Quelque chose dans la voix de l'inconnu frappa Roberts.

— Ne vous ai-je pas déjà rencontré ? demanda-t-il soudain.

— Oui, monsieur, et votre conduite envers moi n'a pas été des plus polies.

— Vous êtes l'homme qui m'a parlé ce soir au music-hall...

— Oui, monsieur, c'est moi.

— Et que faites-vous ici ?

— Mais je me promène... monsieur.

— Vous me suivez, n'est-ce pas ?

— Ne peut-on plus sortir dans les rues de Londres sans être accusé de choses pareilles ? Est-ce que cela me regarde si vous allez voir monsieur Walter Poleman ?

— Comment le savez-vous ?

— Chut ! Voici quelqu'un qui prend un grand intérêt à M. Poleman. Plus un mot avant qu'il soit passé.

Un pas lourd se faisait entendre. Un homme solide et massif avec des manières rappelant la campagne, s'avança lentement. En voyant le petit monsieur, il s'arrêta et lui parla d'un ton qui était presque une menace.

— Ainsi, c'est bien vous ?... Vous recommencez vos trucs ?

L'inconnu répondit, délicieux d'impudence :

— Oui, monsieur Wellis, c'est bien moi, et je suis très heureux de vous voir. J'espère que vous allez bien ainsi que toutes les bonnes gens de Woodscote.

— All right ! mon garçon, dit le policier. Vous faites le malin... mais rira bien qui rira le dernier. La prochaine fois vous pourriez bien être mis dedans pour un peu plus longtemps.

Sans attendre de réponse, le policier s'éloigna, se balançant sur les hanches en marchant. Aussitôt qu'il fut assez loin pour ne pas l'entendre, le petit homme demanda à Jim :

— Savez-vous qui c'est ?

— Non.

— Il vous connaît. C'est pour vous regarder qu'il s'est arrêté à me parler.

— Qui est-ce ? Votre ami ?

— Mon ami ! Mon ami ! Lui ! C'est le policeman de Woodscote. On l'a chargé de rechercher le meurtrier du vieux Buller. Avant peu il l'aura retrouvé aussi vrai que votre nom est Roberts... et le mien...

Jim s'était arrêté pour considérer Wellis ; celui-ci avait dû marcher plus vite qu'il n'en avait l'air, car on ne l'apercevait plus déjà. Quand Roberts se retourna vers le petit homme ce dernier avait disparu aussi.

XXIV

SI VOUS DÉSIREZ UNE FEMME, PRENEZ-LA

JIM Roberts ne dit rien à miss Morris des aventures de la nuit précédente, pas plus qu'il ne lui avoua ses dépenses. Il était encore dans sa chambre quand elle lui apporta son breakfast. Aussitôt son repas fini, il sortit. Un instant après, il monta dans un appartement près de Sloane-Square. L'ascenseur l'arrêta au quatrième étage ; il sonna et demanda à la jolie femme de chambre qui vint lui ouvrir, si M. Howard était là. Sur sa réponse affirmative, il entra et trouva ce gentleman lisant les journaux du matin. Il reçut le visiteur avec un plaisir visible.

— Je ne vous attendais pas. Vous êtes matinal. Vous avez déjeuné ?

— Oui, merci. A vous dire vrai, j'espérais à peine vous voir, quoique je le désire ardemment. Comment allez-vous ?

— Toujours la même chose. La situation est bien embrouillée et elle a l'air de vouloir continuer. Franchement — quoique je ne vous blâme pas, je ne dois m'en prendre qu'à moi — je regrette de vous avoir écouté cette nuit-là. J'aurais dû vous laisser agir seul.

— Je ne vous ai pas poussé à agir. Je vous ai confié ce que je voulais faire. Vous m'avez offert de vous-même, de me suivre.

— C'est vrai, Poleman m'a décidé, répondit lentement Patrick.

— Poleman était ivre, et vous étiez à jeun, comme moi. Et comme moi, c'est la nécessité qui vous a fait agir. Bulfer nous tenait dans sa main, s'appropriant des papiers et des titres qui nous auraient permis de marcher dans la vie, de nous préparer un avenir... Son avarice et son égoïsme cruel nous étouffaient tous les trois, nous avons fait un effort désespéré pour nous dégager de son étreinte.

— Un effort insensé, oui. Nous aurions été dans une terrible situation, s'il eût été vivant encore le lendemain.

— Je me rends compte parfaitement que sa disparition était la chose la plus heureuse qui pouvait nous arriver.

— Si sa disparition, comme vous dites, n'avait pas eu lieu, il se serait aperçu de suite que les papiers manquaient dans ses boîtes de fer blanc où il les gardait précieusement... et que serait-il arrivé ?

— Personnellement, j'étais prêt à subir son attaque. Une fois en possession de ce que j'ai pris, il m'aurait trouvé plus difficile à mater qu'il ne le croyait.

— Certes !

— Il m'avait prêté cent mille livres. S'il m'avait donné un peu de temps, je lui aurais rendu son argent au double, au triple au quadruple s'il avait voulu ! Mais je ne voulais pas qu'il me vole des millions et tout le fruit du travail de ma vie. Je n'ai rien fait dont je sois honteux actuellement ni plus tard. Vous pourrez prendre un jury formé d'honnêtes gens et leur racontez mon histoire. Quel que soit le côté légal de mon cas, ils m'acquitteraient moralement, admettant que dans ma situation, ils en auraient fait autant. Je ne me repens de rien. Tout ce que j'ai fait, je le referais.

Howard respira longuement, comme s'il soupirait.

— Je serai heureux de parler avec la même assurance, dit-il. S'il m'est permis de faire une supposition basée sur votre attitude, il semble que votre machine a fini par vous venger des déboires d'autrefois.

— En effet, j'ai reçu 100.000 livres pour un droit d'option qui, s'il est exercé d'ici sept jours, me rapportera un demi million en espèces sonnantes... Sans compter ce que cela me vaudra annuellement par la suite.

— Alors vos rêves fantastiques deviennent vrais ! je ne m'étonne pas que vous ne regrettiez rien. Ah ! si j'étais dans une situation pareille ! Tandis que moi, j'ai l'air d'avoir subtilisé à Mary Grant 10.000 livres qui ne seront qu'une goutte d'eau pour la foule assoiffée de mes créanciers.

— Ne vous laissez pas abattre par des ennuis d'argent. S'il y a quelque chose à faire, je le ferai.

— Merci, ami ! Je connais votre bon cœur, que n'ont point aigri les difficultés passées. Si l'on retrouve le second testament j'aurai besoin qu'on m'aide, car ma situation sera affreuse.

— Mme Howard est-elle ici avec vous ?

— Non, elle est encore à Mansionhouse. Je crois qu'elle préfère être éloignée de moi. Avant, nous étions inséparables, mais depuis cette nuit, une muraille semble s'être dressée entre nous.

— A-t-elle deviné ?

— Non seulement elle a deviné, mais je sens qu'elle le sait, et je n'ose pas l'interroger. Oh ! vous avez gagné dans cette affaire, et je m'en réjouis pour vous, Roberts ; mais moi j'y ai perdu, et cela menace de ne pas être fini.

— Mon cher Patrick, mon but en venant vous voir était de vous parler de Poleman. Il y aura des ennuis de ce côté là.

— Vous savez où il est ?

— Je l'ai vu la nuit dernière. Avant peu la police l'aura découvert et arrêté, et il m'a dit qu'il plaiderait coupable...

— Bon Dieu ! Mais il est fou ?

Jim raconta ses aventures de la veille avec assez de détails.

— Mais, mon ami, supposez qu'il plaide coupable, qu'arrivera-t-il, dit Patrick.

— Nous serons dans une situation inconfortable, sans aucun doute.

— Il est possible qu'on nous envoie tous deux sur le banc des accusés, comme lui.

— Calmez-vous. Si Poleman n'avait pas perdu la tête il ne serait pas dans une situation pareille.

— C'est très beau de parler. Mais enfin, je serai ruiné, déshonoré socialement et financièrement. Vous ne pouvez refuser d'admettre que notre action est un vol.

— Je le nie en ce qui me concerne. Je n'ai fait que prendre mes précautions pour ne pas être volé.

— Racontez cela à qui vous voudrez, mais pas à la police, croyez-moi. Ils ont un point de vue plus simple que le vôtre. Je crois que la meilleure chose à faire, c'est de disparaître. Si nous partons maintenant, nous avons plus de chance d'échapper que ce pauvre Walter.

— Je ne m'en irai pas et vous non plus, si vous m'en croyez ce serait nous jeter dans la trappe. Je vous dirai ce que je propose, moi.

— Mais avant, parlons de miss Grant.

— Mary ! s'écria Jim.

— Oui. La dernière fois que nous avons dîné ensemble, vous m'avez confié votre chagrin de la voir s'éloigner de vous, vous repousser cruellement...

— Je me rappelle... J'étais désespéré, ce soir-là...

— Ecoutez-moi Jim. En rentrant à la maison, après vous avoir quitté, j'entendis un coup de révolver dans le parc. Ce coup fut suivi du bruit de la chute d'un corps pesant tombant dans l'eau avec fracas. Tout cela venait de la direction du lac. J'y allai pour voir ce qui se passait, et Mary m'apparut, suivie de Boris, vous savez, le gros Saint-Bernard. Elle me dit qu'elle revenait du lac ; alors je crus que le bruit avait été causé par la chute de Boris dans l'eau, et je lui touchai le poil. Il était sec comme de l'amadou. A ma demande d'explication, Mary répondit par des phrases vagues, prétendant que j'avais mal entendu, qu'il n'y avait eu ni chute, ni coup de révolver. Elle cherchait à me persuader que j'avais pris le claquement du fouet pour un coup de feu, comme si c'était possible ! En causant, je touchai son bras ; sa manche était trempée. Je regardai ma main ; elle était couverte de sang. Mary était blessée, et pourtant, elle essayait de me faire croire que rien ne s'était passé.

— Après vous a-t-elle dit la vérité ?

— Je n'ai plus rien demandé, voyant qu'elle désirait garder ce secret. Je la laissai rentrer seule et j'emmenai Boris au chenil. On fit, ensemble, le

tour du lac, et, sur la berge, près du pavillon, j'ai
trouvé un revolver dont une des cartouches venait
d'être tirée, et une pipe de bruyère encore chaude.
Donc, mon cher, c'était clair : Mary voulait cacher
tout cela. Un homme était là, et sans doute Boris
l'a poussé à l'eau... c'est le bruit de chute. Comme
j'avais rencontré Mary immédiatement après et
qu'elle rentrait à la maison, c'est qu'elle avait
l'intention de laisser l'homme dans l'eau, sans
secours. Cette idée m'étant pénible, je pris un
bateau et je fis un peu de dragage. Mais je ne
trouvai rien, et je conclus qu'il avait dû se sauver
en laissant sa pipe et son revolver.

— Qui pensez-vous que soit cet homme ?

— Je ne sais. Mais écoutez encore. En rentrant
dans le hall — vous supposez qu'il était fort tard
— je vis Mary sortant de la bibliothèque, la figure
défaite comme si elle venait de voir vingt fantômes.
Elle me dit qu'elle était descendue pour chercher
le papier qu'elle tenait à la main. Mais ma femme,
à qui je racontai es allures étranges de sa cousine,
m'expliqua que la sonnerie du téléphone avait
carillonné assez longtemps, et qu'au moment où
elle descendait pour se rendre compte du personnage qui appelait à cette heure indue, elle avait
entendu la voix de Mary qui répondait et promet-
tait à quelqu'un d'envoyer 500 livres. La porte de
la bibliothèque était restée ouverte, et du haut de
l'escalier du hall, Lilian a distinctement compris,
mais elle est rentrée dans sa chambre, jugeant
inutile d'interroger sa cousine qui, depuis plusieurs
jours, lui paraissait si mystérieuse et énigmatique.

— C'est étrange, en effet.

— Le matin, Mary demanda à Lilian si elle
pouvait lui indiquer une personne en situation de
lui prêter 500 livres pour le vendredi suivant.
Lilian répondit négativement. Mary sortit, et, une
ou deux heures après, elle revint en disant :
« J'ai trouvé l'argent ». Elle tenait évidemment à
la main une enveloppe bourrée de bank-notes.

— Quelle conclusion tirez-vous de tout cela ? interrogea Jim.

— Connaissez-vous un nommé Herbert ? ques-
tionna à son tour Patrick.

— Que je sois pendu si je connais ce nom !...
Pourquoi ?

— Lilian croit que cet argent est destiné à un
certain Lyonnel Herbert. Mais qui est cet homme ?
Et pourquoi, depuis cette aventure, Mary a-t-elle
tant changé ? Elle dépérit à nos yeux. Elle ne
mange ni ne boit, et Lilian pense qu'elle ne dort
pas. Elle est hantée, je ne sais par quoi, mais j'en
suis sûr. Il faut la sauver d'elle-même. Jim, savez-
vous ce que vous devriez faire avec elle ?

— Que voulez-vous que je fasse ? Elle ne veut
ni me parler ni me voir, ni même rester dans
l'endroit où je suis.

— Je ne lui demanderais pas ce qu'elle veut ou
ne veut pas faire ! Vous êtes un descendant direct
de ces gens qui, lorsqu'ils désiraient une chose,
la prenaient, que ce fût une femme ou un autre
trésor. Vous désirez Mary, mon cher, prenez-la.

— Que diable voulez-vous dire ?

— Vous n'êtes pas stupide et vous me comprenez
fort bien. Vous désiriez ces papiers que détenait
le vieux Bulfer... Vous avez trouvé le moyen de
les prendre. Vous voulez Mary, cherchez le moyen
de l'avoir à vous. Enlevez-la si c'est nécessaire.
Emmenez-la dans un endroit éloigné et expliquez-
lui — avec une hache s'il le faut — qu'elle doit
devenir votre femme. Elle dira oui.

— Vraiment ! Vous avez des idées spéciales sur
la manière de faire la cour.

— Ce ne sont pas mes idées. Ce sont les idées
qui ont réglé les relations des sexes depuis l'origine du monde. Et je ne crois pas que ces relations ont changé. Vous l'aimez?

— L'aimer ! Ce n'est pas assez dire !

— Et vous croyez qu'elle vous aime ?

— J'en suis sûr.

— Alors, c'est la seule chose qui importe. Si
une femme aime un homme, rien d'autre ne compte pour elle. Elle est prête à tout pardonner s'il se
conduit envers elle comme un homme le doit. Il
peut la jeter dans un auto et l'emmener en Rus-
sie, sans lui demander son avis, elle sera heureuse
quand même. La civilisation est un vernis. La
femme, au fond, est encore semblable à la femme
de l'âge de pierre, qui s'attachait à l'homme qui
l'avait emportée dans sa hutte et défendue contre
tous.

Quand M. Howard eut fini de parler, Roberts
resta silencieux.

XXV

JIM ET LYONEL

ROBERTS rentrait chez lui, quand une voix
qui, en son souvenir, restait associée à des
choses désagréables le fit sursauter.

— Excusez-moi, Monsieur, mais je reviens juste de vous faire une petite visite,
et j'ai eu l'ennui de ne pas vous trouver.

Roberts n'eut pas besoin de regarder deux
fois son interlocuteur. C'était l'individu au regard mauvais qui lui avait parlé la nuit dernière
au music-hall et qu'il avait rencontré ensuite de
si curieuse façon après avoir quitté la cachette de
Poleman. La vue de cet intrus sembla le mettre
dans une colère inexprimable.

— Qui diable êtes-vous ? Et pourquoi me parlez-
vous ?

L'homme jeta autour de lui un coup d'œil anxieux.

— Accordez-moi quelques minutes d'entretien,
Monsieur. J'ai à vous parler de choses très inté-
ressantes... pour vous.

— Venez chez moi.

— Il y a un café hautement respectale près d'ici,
et si vous n'y voyez pas d'objection, je préférerais
cet endroit pour causer. Nous serons tout à fait
seuls.

Ils se rendirent donc à ce café, un établissement
de médiocre importance, divisé en petits compar-
timents, en boxes, à l'ancienne mode. Dans l'un
d'eux, ils furent très à l'écart.

— Je ne vous retiendrai pas longtemps, Monsieur,
fit l'inconnu, mais je suis pourtant obligé de vous
faire un peu d'histoire personnelle. Une sainte tante
m'a dernièrement laissé un petit legs avec lequel
j'avais l'intention de commencer une nouvelle vie,
dans la seule contrée où ces choses-là sont possi-
bles : en Amérique. Mais, juste au départ, je fus
volé. Si bien que ma situation actuelle est pire
qu'auparavant.

— Quelle somme?

— Exactement cinq-cents livres, monsieur Roberts. Une gentille petite somme pour un homme comme moi.

Jim pensa aussitôt aux cinq-cents livres que, suivant Patrick, Mary cherchait partout. Il regarda l'homme avec plus de curiosité encore, lui trouvant soudain un intérêt insoupçonné.

— Pourquoi me choisissez-vous pour me faire cette confidence?

— Eh bien, c'est à cause de monsieur Poleman! Des gens sont à sa recherche, vous le savez aussi bien que moi. Cela vaudrait certainement cinq-cents livres de leur dire où ils pourraient le trouver...

— C'est là votre raison?... Ainsi donc, la nuit dernière, vous m'avez espionné?

— Non, monsieur. Vous me connaissez mal. Je savais depuis longtemps où se cache Poleman. Je ne voulais pas le dénoncer. Seulement, pour un homme dans ma situation... Je vous demande de me mettre à l'abri de cette tentation.

— Vous me conseillez de vous donner de l'argent pour vous empêcher de vendre un homme innocent à la police?

— Si on me donnait cinq-cents livres, monsieur, je prendrais le premier bateau pour l'Amérique et je ne reviendrais jamais...

— Ça, ce serait une excellente chose pour votre pays, je l'admets. Qui vous fait supposer que je m'occupe de Poleman?

— Oh! monsieur, ne me faites pas plus bête que je ne suis. Comme si je ne savais pas que vous êtes tous mêlés à cette affaire, et que livrer l'un, c'est livrer les autres!... Sans parler d'une certaine jeune dame... Pensez à elle, monsieur, pensez-y...

— A qui faites-vous allusion?

— A miss Mary Grant, vous le savez bien.

— Le jeu n'est pas égal. Vous me connaissez, moi et mes amis et moi je n'ai pas la moindre notion de ce que vous pouvez être. Quel est votre nom?

— Mettons, pour que j'aie un nom, Lyonel Herbert, esquire. Ils étaient assis devant une table étroite sur laquelle Roberts posait ses coudes. Soudain, ses mains de colosse jaillirent en avant et saisirent à la gorge le petit homme.

— Ainsi, c'est vous, misérable chien!... Vous qui avez osé...

Mais le propriétaire du café, un gaillard rougeaud en manches de chemise, interrompit Jim et le fit desserrer son étreinte.

— Voulez-vous cesser!... Vous allez tuer cet homme!... cria-t-il. Pas de cela dans ma maison, n'est-ce pas! Sortez tous les deux, je ne veux pas de scandale chez moi. Et filez plus vite que ça!

— All right! patron, ne pleurez pas! dit Herbert en se levant. Je m'en vais attendre monsieur dehors.

Jim sortit à son tour.

Herbert l'attendait dans la rue.

— Si cette brute nous avait laissé faire, je vous collais une balle dans la peau. Je n'ai pas peur de vous... et je vous ferai payer, vous et votre soi-disant ami, si vous voulez mon silence, et si vous tenez à ce que je ne dénonce pas de suite votre ami Poleman à la police avec vous tous!... Ah! ne me touchez pas!

Mais Jim le toucha... Il souleva du sol comme il l'aurait fait à un fox-terrier. Attrapant la main droite du voyou et saisissant son revolver, il le laissa retomber sur la chaussée.

C'est un revolver de fabrication belge, le frère, j'ose dire, de celui qui fut trouvé sur la berge du lac de Mansionhouse. C'est bien vous qui avez tiré

sur miss Grant. Je vais vous dénoncer pour tentative de meurtre.

— Allez-y! Il y a un policeman au bas de la rue. Je vais l'appeler et vous me dénoncerez... Vous serez obligé de venir avec moi au bureau de police, et je vous assure qu'après ma petite histoire je serai le seul à le quitter... Vous y resterez, vous. Et on amènera votre chère amie et votre copain l'ivrogne pour vous tenir compagnie. Dois-je appeler le sergot ou le ferez-vous?

Roberts ne répondit pas un mot. La tête haute et fière, il s'en allait tranquillement en jouant négligemment avec le revolver qu'il sentait dans la poche de son paletot.

En arrivant chez lui, on lui remit deux télégrammes. Le premier contenait ceci:

« Ai décidé me servir du droit d'option immédiatement. Venez après midi à mon bureau pour recevoir la somme convenue. Prévenez heure.

« Silas-P. Shaddock. »

Une réponse payée suivait. Ce télégramme annonçait qu'un demi-million de livres sterling passerait à son compte dans quelques heures. Et déjà, il recevait 100.000 livres! Cela semblait incroyable... et pourtant c'était la vérité.

Le second télégramme contenait ces lignes qui bouleversèrent le jeune homme:

« Apprends que Mary épouse après-demain révérend Paterson. Suis très étonnée... Cela cache un mystère... Pouvez-vous arrêter et venir?

« Lilian Howard. »

XXVI

LA DÉPÊCHE DE MARY

Miss Grant et Lilian, dans le petit salon de Mansionhouse semblaient surexcitées toutes deux.

— Votre conduite est monstrueuse et méchante, Mary! Je n'aurais jamais pensé que vous vous conduisiez ainsi! c'est indélicat!

— Ne parlez pas de procédés indélicats.

— Pas d'allusion blessante, je vous prie.

— Pourtant... le testament de mon oncle, qui a été détourné...

— Détourné?... Et vous pensez que ce serait moi?...

— Je ne sais qu'une chose: Il était dans l'enveloppe posée par moi dans une potiche de la bibliothèque où vous étiez seule. Et Collins trouve dans le jardin cette même enveloppe... vide.

— C'était le testament?...

— C'était le testament... et il a disparu...

— Et vous m'accusez, moi?... Oh! c'est infâme!

La jolie petite Mme Howard avait en ses beaux yeux de pervenche, des larmes de honte et de colère...

— Alors, qui est-ce? fit la jeune fille encore aigrement, mais avec un regret devant l'indignation de sa cousine.

— Je l'ignore... mais je vous jure que vous êtes

injuste et affreusement cruelle avec moi. Je disais bien que vos allures étranges cachaient quelque chose.

— Mes allures cachent ce qu'il me plaît. Je ne reconnais à personne le droit de s'immiscer dans mes affaires.

— Mary, vous êtes méchante encore... Que vous ai-je fait? Pourquoi me faire du mal?... Pourquoi en faire à celui que vous allez désespérer en épousant M. Peterson!

— Je viens de vous dire...

— Qu'importe après tout, ma chérie! ne prenez pas vos grands airs. Je me mêlerai de vos affaires tant qu'il y aura une chance de vous empêcher de faire une sottise.

— Qui vous a dit que je fais une sottise?

— Votre conduite même, mystérieuse et compliquée, les subterfuges que vous avez employés pour nous cacher vos intentions.

— Je vous ai caché mes intentions parce que je savais que vous essayeriez d'intervenir... et je ne le voulais pas.

— Vous sentez donc bien que vous agissez mal en épousant le révérend, puisque vous redoutiez d'avance notre opposition.

— Pourquoi serait-ce mal d'épouser Peterson?

— Parce que vous ne l'aimez pas... et que vous aimez passionnément un autre homme.

— Lilian, vous n'avez pas le droit de dire une telle chose...

— Pas le droit de dire la vérité?. Je me doute, en effet, une chose monstrueuse. N'aimez-vous pas Roberts?

— Je ne répondrai pas, vous me torturez de questions!

— Je les pose parce que, comme femme, je comprends, Mary, que vous vous préparez un avenir de malheur.

— Laissez-moi! fit Mary, accablée? Je suis à bout de forces!...

— Mais j'espère encore que Jim arrivera peut-être assez tôt pour vous empêcher de faire cette folie! Je lui ai télégraphié.

— Vous avez osé!

— J'ai osé... et j'oserai plus encore s'il s'agit de vous défendre contre vous-même.

— Quand avez-vous télégraphié?

— Hier.

— Avez-vous eu une réponse?

— Je crois, ma chère, que vous allez en avoir une.

Collins entrait dans le salon, portant sur un plateau une enveloppe jaune.

— Un télégramme pour miss Grant.

La jeune fille prit l'enveloppe comme on saisit quelque chose de dangereux. Elle l'ouvrit de ses doigts tremblants. Elle sortit la feuille rose qui y était contenue. Le message se composait de peu de mots. Et pourtant la jeune fille continuait à fixer la dépêche de ses yeux hagards.

Collins quitta la chambre.

— Eh bien, c'est de Roberts?... Que dit-il?

La jeune fille leva les yeux et son regard était si étrange que sa cousine frissonna.

— Ce n'est pas de Roberts... Je voudrais que ce soit de lui... Oh! comme je le voudrais!

— Mary, où allez-vous? De qui est le télégramme?

Elle parut ne pas entendre, franchit la porte comme si une ombre redoutable l'eût poursuivie.

Elle n'était pas encore loin quand une voiture arriva à Mansionhouse. Roberts en sauta et Mme Howard sortit à sa rencontre, lui montrant qu'il était impatiemment attendu.

— Oh! pourquoi n'êtes-vous pas venu plus tôt? Hier, quand je vous le demandais dans mon télégramme?

— Je n'ai pas pu. Les formalités qui entourent le paiement d'un demi-million de livres sterling durent plus d'une demi-heure... l'expérience vient de me l'apprendre.

— De quoi parlez-vous?

— Je vous l'expliquerai. Où est Mary?

— Elle vient de sortir. Lui avez-vous envoyé une dépêche?

— Non. En a-t-elle reçu une?

— Oui. Une dépêche qui l'a profondément bouleversée. De qui peut-elle être?

— Je ne serais pas étonné si elle venait de cet archange manqué qui s'attribue le nom d'Herbert. Ils ont arrêté Poleman.

— Qui donc?

— La police. Ce damné Herbert les a renseignés hier au soir. C'est un peu la fin de tout pour nous.

— Hein?

— J'ai vu votre mari avant de quitter Londres. Il va vous télégraphier qu'il vient cet après-midi, ou bien que vous devez aller le retrouver.

— Pourquoi? Que signifient ces mots: la fin de tout pour nous?

— Ne devinez-vous pas que nous sommes liés au sort de Walter? Où Mary est-elle allée?

— Je ne sais pas. Elle paraissait trop troublée pour parler. Mais je ne serais pas surprise si elle était allée au presbytère voir l'homme qu'elle va épouser.

— L'homme qu'elle va épouser!. Mais c'est moi l'homme qu'elle doit épouser! Elle le sait déjà! Et je la convaincrai bien!...

— Il brandit triomphalement une liasse de billets de banque.

— Il y a assez là, pour emmener deux femmes, avec le plus grand confort autour du monde. Je file avec Mary... Ils m'attraperont après... s'il me plaît d'être attrapé. Votre mari, madame, est un homme qui a des théories remarquables, et je vais faire de mon mieux pour mettre l'une d'elles en pratique. Si cela réussit, comme il le prétend, je ne lui refuserai aucun témoignage de reconnaissance.

XXVII

L'AVEU

DANS son bureau du presbytère, le révérend Peterson expliquait à sa sœur la teneur d'un document étalé devant lui.

— Ceci, Laura, est la donation par laquelle je vous transfère tous mes droits et intérêts au bénéfice de Woodscote. Vous y êtes la bienvenue dès maintenant, ou, si vous le préférez, je vous les transmettrai demain après la cérémonie de mon mariage, avant de partir en voyage de noces.

— C'est ce que je préfère.

— Il la regarda avec un sourire ironique.

— Quelle idée, Laura! Pensez-vous que la transaction puisse avoir un caractère de simonie si elle était accomplie à présent?

— Je ne veux pas que vous me cédiez votre bénéfice avant d'être sûr de ne plus en vouloir. Par exemple, votre mariage peut, demain, se trouver empêché...

— Empêché ?... Et par quoi, je vous prie ?...

— Que sait-on ? Je ne veux pas que vous puissiez regretter une générosité trop précipitée.

— Mais que peut-il arriver, Laura, je vous prie, d'ici demain ?

— Je serai franche, je suis hantée de pressentiments.

— Si cela ne vous fait rien, Laura, gardez-les pour vous, ou partagez-les avec Sholto.

— Je ferai en sorte que mon mariage ne ressemble pas au vôtre.

— Il n'y a qu'une seule forme de mariage, d'après les usages de l'église d'Angleterre.

— Ne dites pas de stupidités, Pierre. J'ai désiré vivement vous voir épousé Mary.

— C'est très aimable à vous.

— Mais si mon mariage devait se passer comme le sien, je ne me sentirais pas du tout mariée. Pour commencer je n'imagine pas comment une décente et respectable jeune dame désire se marier en cachette. Pas une jeune fille ne désire se marier en secret, excepté quand elle a des raisons, et l'homme qu'elle va épouser ferait mieux de les examiner, ces raisons.

— Merci, Laura.

— Une femme qui fixe tout son avenir dans la vie commune avec l'homme de son choix, dans le saint état du mariage, tient à ce que la cérémonie ait lieu à la face du monde et non dans un petit coin.

— Ma chère Laura, je vous assure que j'arrangerai cela.

— Dieu vous bénisse, Frère ! Je souhaite que les événements me donnent tort !

Miss Peterson sortit du bureau de son frère en se tamponnant les yeux avec son mouchoir. Le révérend la suivit d'un regard profondément étonné.

— Penser que Laura puisse pleurer ou même avoir l'air de pleurer ! Je ne savais pas qu'elle connût les larmes. Cela l'avancera bien si je change la donation !

Il se mit à fouiller négligemment les papiers épars sur sa table de travail, cherchant sans doute un dérivatif à ses pensées... Il n'y réussit pas. Une idée obsédante tenaillait son cerveau. A présent, Laura avait un peu raison : pour une femme, le jour de son mariage est le grand jour de sa vie. Elle est fière et ravie de présenter à tous l'homme qu'elle aime et dont elle veut faire le compagnon de sa vie.

«L'homme qu'elle aime !...» se répétait le pasteur. Mais Mary épousait-elle bien l'homme qu'elle aimait ?

Il se remit à fouiller plus énergiquement dans ses papiers. A quoi servait de se torturer par cette question importune ? Au diable, Laura ! Tout irait bien plus tard. Il était sûr d'abord de la profonde sympathie de miss Grant. L'amour viendrait ensuite. Il serait son mari d'abord, son amant après... L'amour appelle l'amour. Donc, tout serait pour le mieux.

Il avait résigné sa charge de pasteur. Pour le moment, le révérend Sholto était pasteur par intérim. Demain ou après, il redevenait un laïque, maintenant, et pourrait agir à sa guise. Demain, il serait marié à la femme qu'il aimait, il passerait avec elle dans cette vie plus large dont il avait toujours rêvé. Et après, ce serait «des roses et encore des roses» sur le chemin. Quelle absurdité de se tourmenter quand l'avenir était si brillant et si doux ! En l'examinant d'un œil calme et impartial, il ne voyait pas un point noir dans son ciel.

Arrivé à cette satisfaisante conclusion, il entendit un grattement timide à sa porte. En réponse à son invitation d'entrer, Mary sa fiancée, parut.

Mais à sa vue, un frisson le saisit... Il comprit qu'il s'était trop hâté de conclure.

Peterson était un homme pénétrant et observateur. Il n'eut pas besoin d'un second regard pour voir qu'elle apportait de mauvaises nouvelles. Elle resta sur le seuil de la porte, comme aussi effrayée d'entrer que de s'en aller. Quelque chose de si désespéré se lisait dans son attitude que le révérend fut bouleversé de pitié.

— Mary ! Quelle horrible histoire peut avoir amené dans vos yeux ce regard effaré ?... Entrez, ne restez pas là comme si je vous faisais peur.

— J'ai peur... oui... fit-elle d'une voix éteinte.

— Peur ?... Vous si brave ?... C'est une bonne plaisanterie ?

Il essayait de parler d'un ton dégagé, mais son cœur était lourd de tristesse. Quand il s'avança pour la faire pénétrer dans la pièce, elle se recula en frissonnant, comme si elle avait vu un objet répugnant, et son cœur à lui devint plus lourd encore.

— Ne me touchez pas! cria-t-elle. Ne me touchez pas !

Ses manières lui firent plus de mal encore que ses paroles, car elles suggéraient l'idée d'un dégoût profond pour lui.

— Je ne vous toucherai pas, ne craigniez rien. Vous savez que je ne veux rien qui vous soit désagréable... Mais entrez, je vous en prie. Je resterai à une distance respectueuse. Comme cela voulez-vous ?

Il recula jusqu'à une large porte-fenêtre ouvrant sur le jardin. Mary eut l'air d'avoir attendu ce recul. Aussitôt qu'il fût éloigné, elle entra et ferma la porte derrière elle. Elle resta muette, immobile, mais l'on sentait qu'elle faisait effort pour parler.

— Eh bien, c'est tout ce que vous avez à me dire ? Cette mine épouvantée, c'est seulement pour effrayer votre mari de demain, n'est-ce pas ?

— Vous ne serez jamais mon mari... Jamais!

Les mots semblaient jaillir d'elle sous l'impulsion d'une force irrésistible contre laquelle elle luttait en vain. Si la souffrance apparut sur la figure de Pierre, ce fut pour un instant seulement. Quand il posa la question suivante, sa figure était devenue sereine et calme :

— Et vous êtes venue me dire cela ?

— Je suis venue vous dire que je suis la plus méchante femme qui ait vécu !

— C'est encore une distinction d'être parmi les premiers dans n'importe quelle branche, fit-il avec un demi sourire sardonique. Mais je vous assure que je ne vous trouve pas trop méchante pour moi.

Quand la jeune fille eut prononcé cette phrase, non seulement le sourire de l'homme s'effaça, mais son visage devint subitement sérieux et triste.

— Je suis une criminelle !

— Mary ! que racontez-vous là ?

— J'ai... J'ai tué mon oncle !

— Mary !

— Et ils ont arrêté M. Poleman pour le crime que j'ai commis !

Il ne savait pas si elle plaisantait ou si elle était

sérieuse, dans son bon sens. Debout, les bras pendants, la tête un peu penchée, elle paraissait plus petite qu'à l'ordinaire, et sa face pâle et ses yeux anxieux la rendaient plus pitoyable encore. M. Peterson s'éloigna brusquement de la fenêtre.

— Voyons, tout ceci est bizarre. Vous n'êtes pas vous-même. Quelque chose vous a bouleversée. Vous avez besoin de repos. Asseyez-vous, chère et gentille enfant, et racontez-moi cela.

Elle se recula de la chaise qu'il lui avançait.

— Non. Je ne peux pas m'asseoir ici. Je veux aller au bureau de police. Seulement, je voulais vous prévenir avant...

— Au bureau de police ?... Pourquoi ?

— Je vous dit que j'ai tué...

— Je ne vous crois pas.

— Je l'ai fait pourtant.

Cette confession avait été murmurée. Puis, tout d'un coup les mots sortirent à flots, si vite qu'ils se mêlaient parfois.

— D'abord, j'ai dit que je ne l'avais pas fait. J'ai essayé de me le cacher moi-même... Mais quelqu'un m'a vue... entendez-vous ? J'ai compris que mon crime allait éclater au grand jour. Alors, j'ai agi encore plus bassement. Je suis venue vous trouver et je vous ai demandé de l'argent pour fermer la bouche au dénonciateur... Je me suis vendue à vous pour cinq cents livres. J'allais me rendre au temple demain avec vous pour devenir votre femme parjure devant l'autel. Mais jamais, je le jure, je n'aurais été une femme pour vous. Quand vous parliez du jour où je serais «votre femme» et que vous me regardiez avec vos yeux tendres, je pensais à une moquerie de Satan. Mais j'éviterai ce dernier crime : celui de vous trahir ; notre mariage n'aura pas lieu. L'homme innocent arrêté pour moi sera justifié par moi...

— Vous êtes folle !

— On m'apprend l'arrestation de Walter Poléman dans ce télégramme.

Elle lui tendit la feuille de papier rose qu'elle tenait à la main.

— Tout a été contre lui. Tout le monde croit à sa culpabilité. Si je ne dis rien, il expiera mon crime et j'aurai tué deux fois. Mais cette seconde action serait pire que la première, parce qu'alors je ne savais pas ce que je faisais... et maintenant je sais. Aussi, monsieur Peterson, je vais au bureau de police pour me dénoncer.

Elle se redressa et parla d'un ton plus assuré, comme si sa confession l'eût soulagée. Puis, la voix basse :

— Je vous fais mal, je le sais et j'en souffre. Mais je ne crois pas vous avoir menti, car jamais je n'ai prétendu que je vous aimais.

— Non, assurément... mais vous m'avez laissé comprendre que je vous étais sympathique.

———

XXVIII

MARY AVOUE

T c'est vrai ! Ne voyez-vous pas que cela augmente ma honte ! J'ai été infâme envers vous. Là où j'aurais dû être forte, j'ai été faible et peureuse ! Si vous pouviez voir en moi, si vous pouviez comprendre ce que j'ai souffert, vous verriez que j'ai payé cher ma lâcheté... Vous me pardonneriez comme Dieu le fera, je l'espère, parce que j'ai déjà enduré les tortures de l'enfer. Et il y a une chose dont vous devez me remercier : c'est de vous avoir épargné la honte d'épouser une femme comme moi.

Elle se détourna rapidement et voulut quitter la chambre ; mais il se mit en travers de la porte.

— Vous ne supposez pas que je vais vous laisser partir comme cela ?

— Que voulez-vous dire ? fit-elle inquiète.

— Vous ne pouvez pas croire sérieusement que je vais permettre à ma fiancée, à ma femme de demain, de s'en aller ainsi... après ce qu'elle vient de me dire.

— J'ai dit ce que je devais... ce que vous avez le droit d'entendre. Le reste !... Vous l'apprendrez par la police.

— Vraiment, ma chère Mary, vous me montrez un côté de votre caractère que je ne connaissais pas : une tendance absurde à l'exagération... Cela touche à la folie. Vous venez de me tenir des discours si extravagants que j'insiste pour faire revenir votre calme et pour que vous écoutiez les questions que je dois vous poser, en raison même de nos relations.

— Quelles questions ?

— D'abord, la note égoïste, vous l'excuserez, elle est si naturelle chez l'homme ! Vous m'avez dit que vous étiez venue vous vendre à moi pour une somme d'argent, une bien petite somme entre nous. Ces cinq cents livres étaient-elles la seule raison qui vous faisait promettre de devenir ma femme ?

— Oui. Je voulais cet argent pour fermer la bouche à cet homme et l'empêcher de me dénoncer. Je n'avais pas d'autre moyen de me le procurer.

— Mais je vous étais sympathique, vous l'avouez... Quand vous m'avez promis d'être ma femme, n'avez-vous pas cru qu'un jour viendrait où vous pourriez m'aimer ?

— Comme une femme doit aimer son mari ? Non. Je savais que ça ne viendrait jamais.

— Pourquoi, Mary ?... Suis-je si odieux ?

— Non... mais parce que j'en aime un autre... et depuis longtemps... et plus qu'on ne peut le dire !...

— Alors, pourquoi n'épousez-vous pas cet heureux mortel ? cria le pasteur, très pâle, un pli de souffrance aux lèvres. Ne vous aime-t-il pas, lui ?

— Oh ! il m'aime.

— Vous l'a-t-il dit, ou l'avez-vous seulement deviné ?

— Il me la dit... et ses mots sonnent encore dans mes oreilles ; ils résonnent jour et nuit, et mon cœur saute chaque fois qu'il les entend.

— Alors, pourquoi cet homme ne vous épouse-t-il pas ?

— Ne devinez-vous pas ?

— Je devine qu'il doit y avoir une raison de femme, qui dépasse l'intelligence d'un pauvre homme.

— Je ne veux pas l'épouser... pour ne pas lui apporter la honte...

— Quel homme est-ce donc, que vous puissiez lui apporter la honte ?

— Si j'avais été exécutée, quelle honte eût rejailli arrêtée, et si j'avais été pendue...

— Mary, je vous en prie !

— Si j'avais été exécutée, quelle honte eût rejailli sur lui.

— Et cela vous semblait moins monstrueux de me couvrir, moi, d'infamie ?

— J'ai avoué que je vous avais traité d'une façon infâme ! que j'en avais tous les regrets et toutes les douleurs. Contentez-vous, Pierre, de cette confession générale... Voulez-vous que je me mette à genoux et que j'avoue ?

— Non...

— Ah ! vous serez bien vengé ! On les punira cruellement, mes offenses contre Dieu et contre vous !

— La seule punition que je souhaite pour vous, c'est de ne connaître ni remords, ni tristesse durant votre vie. Je ne veux que votre bonheur... Je vous aime comme... vous aimez cet autre... Dites-moi son nom ?

— Jim Roberts.

— Et vous êtes sûre, Mary, que vous l'aimez assez pour ne jamais regretter de m'avoir repoussé, moi, qui vous aurais si profondément adorée !

— Je suis sûre d'une chose qui, pour moi, l'emporte sur toutes : c'est que j'aime Roberts et n'en aimerai jamais d'autre, quoi qu'il arrive et quel que soit mon destin !

On entendit à ce moment des pas au dehors. Quelqu'un franchit rapidement la porte-fenêtre, quelqu'un qui ne s'effrayait pas de parler haut, très haut même.

— J'ai écouté aux portes pour la première fois de ma vie... et la dernière phrase de la conversation m'a fait bondir de joie ! Mary, chère Mary, puis-je entrer ?

C'était Jim Roberts.

XXIX

ELLE ET LUI

IL s'était élancé, les bras étendus, prêt à les refermer sur Mary quand elle obéirait à son appel et accourrait près de lui. La jeune fille tremblante, surprise, regardait de tous ses yeux apeurés, bouleversée de toutes ses émotions contradictoires, se demandant si elle devait rester ou s'enfuir. Peterson, en apparence le plus calme des trois, se conduisait comme le spectateur d'un drame dans lequel il n'était pas particulièrement intéressé. Roberts, au contraire de Mary, écrasée, semblait avoir grandi, comme si la passion l'avait renforcé, magnifié. Il se dégageait de lui une confiance qui imposait à Mary, une suggestion hypnotique qui la paralysait. Sa volonté se fondait dans celle de Jim à tel point qu'elle ne pouvait, malgré son désir, quitter la pièce et s'enfuir loin de lui. Alors, il parla ainsi qu'un homme des temps primitifs eût parlé à la femme qu'il aimait.

— Pensez-vous, Mary, que je vous laisserai jouer plus longtemps avec moi, après ce que je viens d'entendre ?

— Vous n'aviez pas le droit d'écouter !

— Ne parlez pas de droits. Vous m'appartenez. Vous venez de l'avouer. Cela me suffit. Si vous ne venez pas à moi, c'est moi qui irai à vous.

— Je ne veux pas venir !

— Vous détournez les yeux pour dire ces mots, afin que je n'y lise pas votre amour... Vous rougissez... Vous pâlissez... Et de même que mon unique désir est de vous serrer dans mes bras, le vôtre est d'y courir. Mary, ne luttez plus avec vousmême... venez !

Sa voix devenait très douce... Et le tremblement de Mary s'accrut. En dépit d'elle, leurs yeux se rencontrèrent et son regard changea. Elle se redressa, et, attirée par une puissance irrésistible, elle s'avança vers lui et tomba dans ses bras.

— Chérie !... fit-il. Mienne !... Enfin !

Cela se passait en présence de l'homme que cette femme avait décidé d'épouser le lendemain. Peterson ne dit rien, ne fit pas un mouvement, ne trahit pas son atroce douleur, sentant la part ridicule qu'il jouait dans cette aventure.

Miss Grant parla la première en se débattant pour se dégager de l'étreinte de Roberts.

— Laissez-moi... Je m'en vais...

— Vous ne vous en irez jamais !...

Ni l'un ni l'autre ne semblait remarquer la présence du maître de la maison, ni devoir s'excuser de la singularité de leurs paroles. Mary continua avec cette exaltation que Peterson avait traitée de presque folie :

— Vous avez écouté... Alors, vous avez entendu ma confession ?

— J'ai entendu des rodomontades...

— Vous rappelez-vous ce que je vous ai dit un jour : « je ne deviendrai votre femme que pour vous sauver de l'échafaud ! »

— Oui, une autre rodomontade.

— Je voulais vous faire croire que je vous pensais coupable, pour vous cacher que je l'étais. C'est odieux, n'est-ce pas ?

— Vous seriez la plus odieuse, la plus méprisable des femmes que cela me serait égal... Vous êtes mienne...

— Pour peu de temps, Jim. Vous arrivez juste pour m'accompagner au bureau de police et pour me voir dénoncer à l'Inspecteur Reskin.

— Vous n'irez pas !... C'est de la démence !

— J'irai. J'ai tué mon oncle ! l'homme m'a vue !

— Ne divaguez pas, mon aimée. Vous allez partir, oui, mais pour faire le tour du monde avec moi. J'ai une licence de mariage dans ma poche et nous sommes près d'une église. Nous pouvons en finir en une demi-heure, et cette nuit nous serons aussi loin que les trains et les steamers auront pu nous emmener... et nous oublierons le passé... nous effacerons l'ardoise... et nous vivrons une vie heureuse... toujours !

— Je ne veux pas ! Je dois me dénoncer pour sauver l'innocent. Je ne partirai pas avec vous.

— Je vous y forcerai, devrai-je vous prendre dans mes bras et vous porter dans mon automobile.

Mary traversa la chambre pour s'éloigner de Roberts et mettre le pasteur entre elle et lui.

— Monsieur Peterson, je vous demande protection contre M. Roberts.

— Je vous protégerai si cela est nécessaire, répondit le révérend d'un ton amer, mais je doute que cela le devienne jamais.

Sans entendre, Jim revenait à son idée.

— Dois-je vous battre comme au temps de l'âge de pierre, Mary, ou vous jeter sur mon épaule pour vous emporter ?

— Je désire par-dessus tout être votre femme. Mais je ne veux pas que vous m'épousiez telle que je suis...

— Durant l'âge de pierre, les hommes ne consultaient pas les désirs, ni les souhaits des femmes, ils n'écoutaient que les leurs, et enlevaient leur proie. Je vous enlèverai et vous défendrai contre tous, même contre l'inspecteur Reskin.

— Savez-vous que la police a arrêté Walter Coleman ?

— Venez, vous dis-je.

— Vous voudriez que je laisse accuser un innocent d'un crime commis par moi ?

Roberts, sans répondre, s'avança vers la jeune fille. Peterson s'interposa.

— Arrêtez ! Quelqu'un fait comme vous tout à l'heure. On écoute à la fenêtre.

Une tête apparut en effet, et regarda dans la pièce.

Un silence régna quelques secondes. Puis Roberts s'écria joyeusement :

— Par Dieu ! C'est l'homme que vous voulez délivrer... C'est Walter !

XXX

LE DERNIER MOT

COLEMAN entra rapidement dans le bureau du pasteur.

— C'est bien moi, en effet... C'est bien mon nom, et j'ai souhaité d'en être délivré depuis un certain temps ! En vous voyant, Roberts ; je sens ma chance revenir. Et miss Grant ! Je vous demande toute votre indulgence pour l'excentricité de mon costume. Je suis parti en hâte. Et vous, monsieur le pasteur, vous excuserez mon arrivée intempestive et vous me croirez quand je vous dirai qu'il y a des occasions où on se précipite vers la première fenêtre rencontrée.

— Coleman, je suis heureux de vous voir ici. Je croyais que la police vous avait arrêté.

— Mon cher, elle l'avait fait — du moins presque pendant un instant. Ma présence d'esprit m'a sauvé. C'est l'histoire la plus amusante, j'en suis sûr, que vous ayez jamais entendue. A certains moments, elle est même pathétique, vous verrez. Je voudrais avoir le temps de raconter cela pour vous amuser tous, miss Grant et vous aussi monsieur le révérend, si vous aimez les côtés bizarres de la vie. Le fait est que la police est sur mes talons. Ils vont arriver. Avez-vous un peu d'argent sur vous et un complet à me prêter ?

— Je veux vous donner de l'argent. Mais pour des vêtements... Monsieur Peterson, pouvez-vous prêter à M. Coleman un costume ?

— Si la coupe ecclésiastique ne l'ennuie pas...

— Au contraire ! Si vous pouviez seulement m'habiller comme un évêque, je vous bénirais durant le reste de mes jours. Habillé comme un lord spirituel, ils n'oseraient pas me poursuivre et je leur passerais sous le nez. Seulement, je vous ferai remarquer qu'il faut aller vite... Je serai évêque tout de suite ou jamais !

Coleman se dirigeait vers la porte, la main accrochée à la manche de M. Peterson et l'entraînait avec lui dans sa hâte. Mais lorsqu'il eut atteint la porte, le bouton tourna de l'extérieur... Et Walter eut juste le temps de sauter en arrière pour éviter le battant.

— Madame Howard ! cria-t-il.

— Vous ! fit à son tour la jeune femme. Ils vous poursuivent.

— Je le sais.

Lilian était à bout de souffle.

— Je me demandais si vous aviez pu arriver jusqu'ici chez le révérend... Ils descendent le sentier, ajouta-t-elle après avoir repris haleine. Par-là ! Vous allez être pris au piège.

— Entendez-vous, monsieur. Ce costume !... Il faut nous hâter.

— Venez avec moi.

— Allons-y ! Mais on vient... Est-ce la police, cette fois ?

Ce n'était pas la police, c'était miss Peterson dans un état d'agitation qui s'augmenta en voyant le bureau de son frère envahi par des gens aussi effarés qu'elle.

— Jim, qu'y a-t-il ? Que signifie ce bruit ?

— Laura, ayez l'amabilité de me laisser passer avec ce gentleman ; je vous expliquerai après...

— Mais je veux que vous m'expliquiez maintenant. Il y a à la grande porte quatre hommes de mauvaise mine et quatre autres à la petite. Ils ont de telles allures que j'ai fermé la porte et placé la chaîne. Alors, ils ont eu l'audace de faire le tour de la maison.

— Vous avez raison, cria une voix du dehors, quoique je ne comprends pas que vous nous trouviez des mines aussi patibulaires. Restez donc comme vous êtes, avec la porte fermée et votre dos appuyé contre, Monsieur Walter Poleman, vous nous avez fait courir, mais ce petit jeu est fini. N'essayez pas de recommencer.

— Pardon, qui êtes-vous, Monsieur ?

— Je suis l'inspecteur Reskin et je vous arrête pour meurtre qualifié. J'ai le mandat d'arrêt dans ma poche.

Le policeman de la localité, Georges Wellis, plutôt mal habillé dans ses vêtements civils, traversa la chambre, une paire de menottes à la main et s'approcha de Walter.

— Ne me touchez pas avec cela !

— Ne pas vous toucher ?... Eh bien, j'allais justement vous les mettre.

— Croyez-m'en, n'essayez pas.

L'inspecteur s'interposa.

— Voyons, monsieur Poleman, n'ayons pas d'histoires dans la maison de M. Peterson et parmi vos amis. Vous nous avez refaits une fois, nous ne vous donnerons pas une chance de renouveler votre exploit, et nous sommes obligés de vous immobiliser. Joignez les mains.

— Que je sois damné, si je le fais !

Juste au moment où une mêlée semblait inévitable, miss Grant se glissa entre Wellis et le prisonnier.

— M. Poleman est dans son droit de refuser les menottes. Il est innocent. En ma présence, vous ne le traiterez pas comme un coupable. Si vous voulez enchaîner quelqu'un, c'est moi qu'il faut prendre. Je vous tends les poignets. Allez-y.

Se tenant très droite, elle tendait les mains, mais M. Wellis n'eut aucunement l'air de vouloir la prendre au mot.

— Voyons, miss Grant ; quel bien pensez-vous faire à monsieur Poleman en jouant cette scène ? Nous lui mettrons les menottes, qu'il le veuille ou non, et le meilleur service que vous puissiez lui rendre, c'est de lui conseiller d'accepter l'inévitable. C'est son intérêt.

Mais la jeune fille ne bougea pas.

— J'essaye seulement, monsieur Reskin, de vous empêcher de commettre une grosse erreur... C'est moi qui ai tué mon oncle John Bulfer, et non M. Poleman.

— Mary ! cria Roberts.

Il fit un pas en avant, puis s'arrêta, s'apercevant que le moment n'était pas encore venu d'intervenir.

Une nouvelle figure apparut, toujours à la même fenêtre ; seulement, au lieu d'entrer franchement le propriétaire de cette figure se glissa furtivement à travers les plates-bandes du vicaire, et disparut pour revenir bientôt plus près et écouter la conversation qui paraissait fort l'intéresser.

— Miss Grant, fit l'inspecteur, quelle folie nous racontez-vous là ?

— Ce n'est pas une folie d'avouer son crime.

— Comprenez-vous bien la gravité de ce que vous avancez ? reprit-il.

— Je le sais trop bien. Je sais surtout que j'aurais dû avouer plus tôt...

La fermeté de la jeune fille avait disparu. Elle tremblait. L'officier de police la fixait maintenant d'un regard soupçonneux.

— Miss Grant, prononça-t-il, cette scène de comédie ne sauvera pas M. Poleman. Le seul résultat sera celui-ci :

Vous viendrez avec lui au bureau de police.

Un cri et un juron énorme retentirent. En même temps, un choc violent bouscula les assistants. Comme une bombe, Roberts se précipitait, son grand corps heurtant tout le monde, pour sortir plus vite, les poings en avant.

— Ah! misérable! misérable! hurlait-il en se précipitant dans le jardin. Enfin, je te retrouve.

Il put atteindre un individu qu'il venait d'apercevoir et qui, déjà, fuyait en rampant presque sous les arbres du vicaire; de sa poigne solide, il l'appréhenda et le ramena de force, en le traînant.

Cet homme, c'était Lionel Herbert.

— Laissez-moi, criait celui-ci en se débattant. Je n'ai rien fait. M. Reskin sait parfaitement qui je suis...

L'inspecteur lui donna immédiatement un certificat dont la teneur l'humilia fort.

— Je sais que vous êtes le frère d'Albert Collins, le maître d'hôtel de Mansionhouse, mais qu'il essaye de cacher votre existence autant qu'il peut, car vous êtes un parent dont il n'a pas le droit d'être fier. Vous étiez un fainéant qui n'avez jamais fait une minute de travail honnête dans votre vie, et vous êtes devenu une crapule et un voleur professionnel. Que faites-vous ici? Vous cherchez à cambrioler, sans doute ?... Vous avez envie de retourner en prison?

— Oui, s'écria Jim! c'est ce qu'il mérite... De voleur, il est devenu maître chanteur, le bandit.

— Pas si haut, fit Lionel qui retrouvait son audace. Je vais parler, moi aussi... et dire que j'ai vu la jeune dame ici présente...

— Taisez-vous, vous mentez! affirma Roberts en le secouant rudement.

L'inspecteur Reskin suivait l'idée de l'autre avec son flair de policier.

— Vous avez vu miss Grant?... interrogea-t-il. Qu'avez-vous vu? Direz-vous aussi que c'est elle qui a tué son oncle Bulfer?

— Je le dis... parce que je l'ai vu de mes propres yeux...

A ce moment, Laura qui venait de sortir une minute avant, rentra en introduisant un nouveau personnage : Collins. Il entrait quand Herbert prononçait ses dernières paroles. Il l'interrompit d'une voix véhémente :

— C'est un mensonge!

Lionel, en entendant cette voix et ces mots, vacilla comme frappé d'un coup de poing. Il essaya cependant de faire bonne contenance.

— De quoi vous mêlez-vous? fit-il insolemment. Cette affaire ne vous regarde pas.

Ceci est la donation par laquelle je vous transmets tous mes devoirs (p. 39).

— Elle me regarde assez pour que j'en dise enfin tous les dessous, et pour que j'aide la police à faire la lumière, car moi seul sais la vérité en ce qui concerne la mort de John Bulfer.

Toute l'attention des assistants se portait sur le vieillard aux cheveux blancs, droit et sec, le visage bouleversé d'une profonde émotion.

Herbert, lui, profitant de ce dérivatif, fit un mouvement léger pour se glisser le long du mur et disparaître par la porte restée ouverte. Mais Roberts ne le perdait pas de vue. De sa main de fer, il saisit le bras du petit homme qui plia et gémit doucement.

— Restez ! ordonna-t-il.

Sous l'étau qui enserrait son bras, Lionel n'osa plus bouger.

D'une voix grave, Collins commença, en faisant un effort douloureux :

— Oui, je sais qui a tué mon pauvre maître... Et je ne puis laisser accuser des innocents.

— Vous auriez pu parler plus tôt ! observa Reskin avec humeur.

— Je me repens de ne l'avoir pas fait. Mais... ajouta-t-il en baissant la tête... il fallait accuser mon propre frère... et le cœur m'a manqué !...

— Moi ? dit Lionel narquois.

— Toi. Le matin du jour terrible, tu étais sorti de prison, Sam...

— Sam ? interrompit Roberts sans lâcher le drôle. Vous vous appelez Sam ?...

Collins continua :

— Sam est venu me trouver... me demander de l'argent... Je n'en avais pas... il a dit qu'il s'en procurerait en cambriolant le château.

— Ah ! ricana Herbert... tu es mon frère et c'est toi qui oses...

— Ton demi-frère seulement... et cela suffit, hélas ! Mais je résolus d'empêcher ce cambriolage. Seulement mes calculs furent déjoués, car cette nuit-là fut marquée par une série d'événements non prévus. Je ne désire pas entrer dans les affaires des autres... Mais je dois dire que plusieurs gentlemen ayant des différences d'opinion avec monsieur Bulfer ont pris des mesures pour rentrer cette nuit-là en possession de ce qu'ils regardaient comme leur propriété.

— Après ?... intervint Reskin, voyant que Collins hésitait.

— Miss Grant, qui avait des doutes sur ce qui se passait et avait dû être réveillée par le bruit, descendit dans la bibliothèque. Elle y arrivait à peine que M. Bulfer survint, et la voyant là, toute seule, il en conclut que c'était elle qui venait de bouleverser la pièce. Dans son désir d'éviter une scène à cette heure tardive, elle voulut s'en aller. En essayant de l'arrêter, — c'était un vieillard affaibli et peu agile — il buta contre une chaise.

— L'ai-je frappé ?... L'ai-je frappé ? cria Mary. Je ne sais pas. J'ai eu si peur... si peur... je me suis enfuie.

— Non, miss, vous ne l'avez pas frappé...

— Vous en êtes sûr ?...

— Je suis certain que vous ne l'avez pas touché... J'étais là... J'avais veillé pour empêcher le cambriolage.

— Dieu merci ! balbutia la jeune fille dont tout l'être se tendait anxieusement vers la certitude qui la délivrait du cauchemar atroce. Je savais bien... je savais bien... Mais cet homme m'avait affirmé qu'il m'avait vue... et j'avais été si bouleversée, si affolée... que je ne me rendais plus compte de ce qui s'était passé.

— Mais moi aussi, je vous ai vue, miss. Ce que vous a dit Sam est faux. Lorsque j'ai vu tomber M. Bulfer, je me suis précipité, pensant qu'il s'était blessé...

— Où étiez-vous, vous-même ? demanda Wellis.

— Dans la bibliothèque... où j'attendais Sam et où je m'étais dissimulé derrière un meuble quand les gentlemen étaient venus... Au moment où j'arrivais près de mon maître, j'ai aperçu la tête de mon frère... qui se disposait à entrer par la fenêtre... Je suis resté figé sur place... Il est entré, a ramassé par terre un tiroir de caisse en acier qui était sur le parquet. Juste à ce moment, comme si ce bruit le réveillait John Bulfer se dressa à demi et demanda à Sam : «Qui êtes-vous ?» Sam, au lieu de répondre, a frappé le vieillard à la tête avec le tiroir qu'il tenait en main. Bulfer tomba à terre et ne bougea plus... Il a été tué sur le coup. Pour un homme vieux et faible, il faut peu de chose !... Alors, épouvanté, Sam s'est enfui...

Les policiers s'étaient insensiblement rapprochés de Lionel qui ne disait plus rien et tremblait comme une feuille. Ils posaient déjà leur main sur l'épaule du misérable... Collins continua :

— Je restais si confondu, si abasourdi par ce qui venait de se passer, que j'en perdis la tête. J'eus peur... peur qu'on poursuive mon frère... J'ai laissé le corps de mon maître et je suis rentré dans ma chambre, ne voulant pas réveiller la maison... Et depuis, je n'ai pas soufflé mot de tout cela à quiconque.

L'inspecteur Reskin eut encore un doute :

— Il y a eu tant de versions et d'histoires dans cette affaire que je me demande si ce que vous venez de raconter est plus vraisemblable que le reste.

— Hélas ! J'ai des preuves, monsieur l'inspecteur. Vous vous rappelez, miss Grant, cette enveloppe qui avait disparu dans la bibliothèque.

— Parfaitement.

— C'est Sam qui l'avait prise... Vous aviez parlé avec lui dans le bois, n'est-ce pas ?

— Oui, c'est alors qu'il m'a demandé 500 livres pour ne pas me dénoncer, disait-il.

— Eh bien, il vous a suivie jusqu'à la maison, et a dû vous voir serrer cette enveloppe. A peine vit-il la bibliothèque vide, qu'il sauta par la fenêtre, s'empara du papier contenu dans l'enveloppe et jeta celle-ci dans le jardin. Je suis certain qu'on pourrait encore trouver ce papier sur lui.

Willis, sur un signe de son chef, se préparait à fouiller l'individu, blême de peur et de rage. Mais soudain celui-ci, tirant de son paletot un pli volumineux, l'agita au-dessus de sa tête, et cria cyniquement :

— Oui, je l'ai... C'est le fameux testament ? J'aurais pu, avec cela, gagner des mille et des mille francs, si j'avais eu de la chance... Mais toi qui m'as vendu, tu le paieras, Collins. Et comme j'ai tué Bulfer, je te tuerai aussi...

D'un bond il se dégagea en un tour de reins avant que Jim ait pu l'en empêcher et se précipita vers son frère.

— Attention ! cria Roberts, il a un revolver.

Le petit homme était vif, mais Jim le fut plus encore. Il l'attrapa par le poignet juste au moment où le coup partait.

Le poignet dut être tordu et le canon dirigé vers sa tête, car il s'écroula soudain devant eux... mort... tué par l'arme dont il voulait se servir contre un autre.

....

— Miss Grant fit le tour du monde avec Jim Roberts dont elle est l'épouse heureuse et adorée. La renommée de la machine de Roberts est dans toutes les bouches. Poleman est un de ses principaux collaborateurs. Il a compris la leçon qu'il a payée assez cher, et il est devenu un modèle de tempérance. Miss Willett qui a quitté le music-hall, est devenue sa femme. Mary Grant a institué une donation par laquelle elle offre tout ce que son oncle lui a laissé à Lilian et Patrick Howard. Ils ont accepté. Laura Peterson est devenue Madame Sholto. Son mari est révérend de Woodscote. Elle lui a fait cadeau du bénéfice que son frère, malgré son mariage manqué, lui a abandonné. Quant à Peterson, il n'est pas marié. Il fait du cinéma.

FIN

PROCHAIN OUVRAGE A PARAÎTRE

Le Tailleur de pierre de Saint-Point

par

A. de LAMARTINE

LE TAILLEUR DE PIERRE DE SAINT-POINT

I

Quand on sort de la jolie petite ville de Mâcon en se dirigeant du côté des montagnes où le soleil se couche, on suit d'abord pendant plusieurs heures une grande route bordée de vignes, qui monte et descend avec les ondulations du sol comme la route d'un vaisseau sur une mer douce à larges lames. De nombreux villages, aux toits de tuiles rouges et aux murs blanchis par la chaux et tapissés de pampres au-dessus de la porte, s'élèvent au penchant de tous les coteaux et fument au fond de toutes les gorges. Des prés les entourent; les cours sinueux des petites rivières qui abreuvent ces prés sont tracés par des rangées de saules tondus tous les trois ans par la faux. Leur chevelure, flexible au moindre vent qui retourne les feuilles et qui semble les glacer d'argent, est juste assez longue et assez touffue pour donner un peu d'ombre aux enfants, gardiens des vaches et pour prêter un asile, souvent découvert, aux nids des rossignols et des martins-pêcheurs. De lourds clochers en pierre de taille, tachés par la pluie et revêtus de la mousse grisâtre des siècles, dominent ces villages en forme de pyramide allongée. L'œil du voyageur passe continuellement de l'un de ces clochers à l'autre, comme s'il comptait, à droite et à gauche, les bornes d'une voie romaine sur la route de cette populeuse contrée. A l'ombre de ces pyramides à jour, d'où retentit pour chaque habitant, au branle de la cloche, la voix de la naissance ou de la mort, on voit venir les mauves des cimetières. C'est là seulement que se reposent les laborieux vignerons de ces coteaux, après avoir changé pendant soixante ou quatre-vingts ans leur sueur en vin pour nourrir leurs femmes et leurs filles. Une certaine gaieté douce court avec les rayons du soleil, avec les rubans moirés des ruisseaux, avec les recets blancs des chaumières, avec les chants des femmes et avec le carillon des cloches, sur toute cette campagne. Le ciel est doux, la terre sourit, le passant dit : « J'aimerais à vivre là! » et il s'attriste, sans savoir pourquoi, en laissant derrière lui ce gracieux et lumineux paysage.

II

A mesure qu'on s'avance vers le pied des montagnes, la vigne cesse, les villages deviennent plus rares; ils finissent par se disséminer en petits hameaux détachés, ou en groupes de deux ou trois chaumières, de loin en loin, sur les pentes escarpées des prés et des rochers tapissés de buis. Quand on est parvenu au faîte de la montagne dite du Bois-Clair, parce que le soleil du matin, en se levant derrière le Jura et le mont Blanc, frappait sans doute de ses premières clartés les hautes branches de son bois de chênes, on se retourne, sans y penser, pour jeter un dernier regard à l'immense scène sur laquelle le rideau noir de la montagne va s'abaisser : le Mâconnais jauni par ses pampres, la Saône glissant comme une longue couleuvre argentée entre ses prés verts, la Bresse toute veloutée de ses moissons et de ses saules, le noir Jura, les Alpes d'or; et l'on redescend à pente rapide vers l'ancienne ville claustrale de Cluny, abritée comme un nid de hiboux sous les flèches bronzées et muettes des clochers de son abbaye. Mais, au pied de la descente du Bois-Clair, la route se bifurque : un de ses rameaux conduit à Cluny à travers des prairies grasses et monotones comme le luxe monacal qui possédait autrefois ces pâturages et ces forêts; l'autre rameau mène dans les montagnes du Charolais, toutes pleines de bois, d'étangs, des pâturages mélancoliques et de mugissements de troupeaux.

(A suivre.)

www.ingramcontent.com/pod-product-compliance
Ingram Content Group UK Ltd.
Pitfield, Milton Keynes, MK11 3LW, UK
UKHW022138170726
13837UKWH00004B/1638